女性短经典
何向阳 主编

永远有多远

铁凝 著

江苏凤凰文艺出版社

序言

我们为什么写作？

何向阳

我们为什么写作？这几乎是每位作家都要问到自己的问题。但是扪心自问之时，女性的回答可能独辟蹊径，也更加与众不同。

1947年7月3日，西蒙娜·德·波伏瓦在写给友人的信中言："生活中的一切我都想要。我想是女人，也想是男人，想有很多朋友，也想一人独处，想工作和写出很棒的书，也想旅行和享乐，想只为自己活着，又不想只为自己活着……你看，要得到我想要的一切，殊为不易。"① 七十七年之后我读到这段文字，心生感

---

① [法]西蒙娜·德·波伏瓦、[德]爱丽丝·施瓦泽：《波伏瓦访谈录》新版序言，刘风译，北京联合出版公司2024年3月版。

慨,我想,也许写作可以做到,写作使得我们暂时抛开性别,在"既是……""也是……"的结构中打破界限,使得"想""也想"和"又不想"三者能够同时兼有而包容,从而避免波伏瓦所言的"疯狂",因为她紧接着下面一句就是:"要是做不到,我会气疯。"①

至于写作的状态,1976年5月在回答波尔特的关于写作与电影并行的创作问题时,玛格丽特·杜拉斯给出的言说似乎有些欲言又止:"只有当我停止写作,我才停止,是的,我才停止某种……呃……说到底,发生在我身上最重要的事情,也就是写作。但我最初写作的理由,我已经不知道是什么了。"②这一回答模棱两可,但它肯定了一件事:写作,"是发生在我身上最重要的事情"。杜拉斯曾专门有一部书名曰《写作》,这种生命的纠结,令我想起1985年由法国巴黎图书沙龙向世界各地作家提出的问题及其答复,在上海文化出版社选编的中译本《世界100位作家谈写作》中,作家们对"为什么写作"这一问题莫衷一是,答案五花八门:法国女作家玛格丽特·杜拉斯的回答是"对此

---

① [法]西蒙娜·德·波伏瓦、[德]爱丽丝·施瓦泽:《波伏瓦访谈录》新版序言,刘风译,北京联合出版公司2024年3月版。
② [法]玛格丽特·杜拉斯、[法]米歇尔·波尔特:《在欲望之所写作:玛格丽特·杜拉斯访谈录》,黄荭译,南京大学出版社2024年7月版,第5页。

我一无所知";而英国女作家、后获得诺贝尔文学奖的多丽丝·莱辛的答案是,"因为我是个写作的动物"。①一晃,这场问答已是四十年前的事了。然而,问题似乎仍在我们心底,成为纠缠。

写作的动物。本能的表达。有些像杜拉斯书中转述的法国史学之父米什莱所谓的女巫?"因为孤寂,对今天的我们而言无法想象的孤寂,她们开始和树木、植物、野兽说话,也就是说开始进入,怎么说呢?开始和大自然一起创造一种智慧,重新塑造这种智慧。如果您愿意的话,一种应该上溯到史前的智慧,重新和它建立联系。"②其实,杜拉斯于1976年5月的答波尔特问,关于居所中写作的主题,英国女作家弗吉尼亚·伍尔夫1928年写就的《一间自己的房间》已有类似答案。然而从1928年到1976年,四十八年过去,这个问题仍然能够在另一国度的女性写作者中产生共鸣,其意深远。

重新和它建立联系。没到终点。时间上也没有终点。事实是,距杜拉斯1976年之答问二十年后,

---

① 转引自何向阳:《我为什么写作》。见何向阳:《被选中的人》,花山文艺出版社2022年3月版,第8页。
② [法]玛格丽特·杜拉斯、[法]米歇尔·波尔特:《在欲望之所写作:玛格丽特·杜拉斯访谈录》,黄荭译,南京大学出版社2024年7月版,第7—8页。

1996年,苏珊·桑塔格在一篇题为《给博尔赫斯的一封信》的短文中,表达了她对写作的认识:"你说我们现在和曾经有过的一切都归功于文学。如果书籍消失了,历史就会化为乌有,人类也会随之灭亡。我确信你是正确的。书籍不仅仅是我们梦想和记忆的随意总括,它们也给我们提供了自我超越的模型。有的人认为读书只是一种逃避,即从'现实'的日常生活逃到一个虚幻的世界、一个书籍的世界。书籍的意义远不止于此。它们是一种使人充分实现自我的方式。"[1]

一种充分实现自我的方式,是写作的意义所在。对于女性尤其如此。同时,一个作家写作,也是以梦想与记忆的方式,创生着人类及其历史。这是写作者的信仰,也是写作面对的最大现实。

但人类历史创生进程中,女性所起的作用往往并不常得到应有的重视。正如马克思在《致路·库格曼》中讲:"每个了解一点历史的人也都知道,没有妇女的酵素就不可能有伟大的社会变革。"[2]女性的进步

---

[1] [美]乔纳森·科特、[美]苏珊·桑塔格:《苏珊·桑塔格访谈录:我创造了我自己》前言,栾志超译,广西师范大学出版社2023年10月版。
[2] [德]马克思:《致路德维希·库格曼》,见[德]马克思、[德]恩格斯:《马克思恩格斯全集》第三十二卷,人民出版社1974年10月版,第571页。

是社会进步的尺度和镜子,女性更是创生人类及其历史的重要力量。这封信写于1868年12月12日的伦敦。可惜156年后的今天,这一思想仍然有待于人类全体的再度发现和更深认知。

《社会变革中的女性声音》①中,我曾表达这样一种观点,中国女性在20世纪经历了三次思想解放。1919年新文化运动,1949年新中国成立,1978年改革开放,每次解放都激发了作家的创造。活跃、敏感的女作家及其智慧、灵性的表达,已成为人类文化书写力量中更为强大的一部分。

今日中国,正经历着历史上前所未有的深刻变革,作为中国社会变革的见证者、人类文化进步的推动者、中国式现代化进程的记录者,中国女作家们对于时代变革与文化进步的书写所留下的精神档案,弥足珍贵。

"女性短经典"的集结,是中国女作家历经20世纪三次思想解放基础之上新的思考与收获。当然,每部书从不同侧面各自回答了"我们为什么写作"的问题,同时,它们在艺术和心灵层面带给读者的,也比此

---

① 何向阳:《社会变革中的女性声音——"中国当代著名女作家大系"(小说卷)总序》。见何向阳:《似你所见》。中国书籍出版社2021年2月版,第39页。

前中国历史上任何一个时期女性的写作成果都更富足和丰硕。

成为这一成果的亲证者与创造者,十分幸运。

期待着您的加入。

是为序。

2024年7月22日　北京

（何向阳,诗人、作家、学者。出版有诗集《青衿》《锦瑟》《刹那》《如初》、散文集《思远道》《梦与马》《肩上是风》《被选中的人》、长篇散文《自巴颜喀拉》《镜中水未逝》《万古丹山》《澡雪春秋》、理论集《朝圣的故事或在路上》《夏娃备案》《立虹为记》《彼黍》《似你所见》、专著《人格论》等。作品译为英、意、俄、韩、西班牙文。获鲁迅文学奖、冯牧文学奖、庄重文文学奖、上海文学奖等。）

目录

哦,香雪	001
对面	019
第十二夜	071
永远有多远	093
谁能让我害羞	159
逃跑	179
咳嗽天鹅	197
伊琳娜的礼帽	211
信使	231

哦，香雪

如果不是有人发明了火车，如果不是有人把铁轨铺进深山，你怎么也不会发现台儿沟这个小村。它和它的十几户乡亲，一心一意掩藏在大山那深深的褶皱里，从春到夏，从秋到冬，默默地接受着大山任意给予的温存和粗暴。

然而，两根纤细、闪亮的铁轨延伸过来了。它勇敢地盘旋在山腰，又悄悄地试探着前进，弯弯曲曲，曲曲弯弯，终于绕到台儿沟脚下，然后钻进幽暗的隧道，冲向又一道山梁，朝着神秘的远方奔去。

不久，这条线正式营运，人们挤在村口，看见那绿色的长龙一路呼啸，挟带着来自山外的陌生、新鲜的清风，擦着台儿沟贫弱的脊背匆匆而过。它走得那样急忙，连车轮辗轧钢轨时发出的声音好像都在说：不停不停，不停不停！是啊，它有什么理由在台儿沟站脚呢，台儿沟有人要出远门吗？山外有人来台儿沟探亲访友吗？还是这里有石油储存，有金矿埋藏？台儿沟，无论从哪方面讲，都不具备挽住火车在它身边留步的力量。

可是，记不清从什么时候起，列车时刻表上，还是多了"台儿沟"这一站。也许乘车的旅客提出过要求，他们中有哪位说话算数的人和台儿沟沾亲；也许是哪个快乐的男乘务员发现台儿沟有一群十七八岁的漂亮姑娘，每逢列车疾驶而过，她们就成帮搭伙地站在村口，翘起下巴，贪婪、专注地仰望着火车。有人朝车厢指点，不时能听见她们由于互相捶打而发出的一两声娇嗔的尖叫。也许什么都不为，就因为台儿沟太小了，小得叫人心疼，就是钢筋铁骨的巨龙在它面前也不能昂首阔步，也不能不停下来。总之，台儿沟上了列车时刻表，每晚七点钟，由首都方向开往山西的这列火车在这里停留一分钟。

这短暂的一分钟，搅乱了台儿沟以往的宁静。从前，台儿沟人历来是吃过晚饭就钻被窝，他们仿佛是在同一时刻听到了大山无声的命令。于是，台儿沟那一小片石头房子在同一时刻忽然完全静止了，静得那样深沉、真切，好像在默默地向大山诉说着自己的虔诚。如今，台儿沟的姑娘们刚把晚饭端上桌就慌了神，她们心不在焉地胡乱吃几口，扔下碗就开始梳妆打扮。她们洗净蒙受了一天的黄土、风尘，露出粗糙、红润的面色，把头发梳得乌亮，然后就比赛着穿出最好的衣裳。有人换上过年时才穿的新鞋，有人还悄悄往脸上涂点胭脂。尽管火车到站时已经天黑，她们还是按照自己的心思，刻意斟酌着服饰和容貌。然后，她们就朝村口，朝火车经过的地方跑去。香雪总是第一个出门，隔壁的凤娇第二个就跟了出来。

七点钟，火车喘息着向台儿沟滑过来，接着一阵哐哐乱响，车身震颤一下，才停住不动了。姑娘们心跳着拥上前去，像看电影一样，挨着窗口观望。只有香雪躲在后边，双手紧紧捂着耳朵。看火车，她跑在最前边；火车来了，她却缩到最后去了。她有点害怕它那巨大的车头，车头那么雄壮地喷吐着白雾，仿佛一口气就能把台儿沟吸进肚里。它那撼天动地的轰鸣也叫她感到恐惧。在它跟前，她简直像一叶没根的小草。

"香雪，过来呀，看！"凤娇拉过香雪向一个妇女头上指，她指的是那个妇女头上别着的那一排金圈圈。

"怎么我看不见？"香雪微微眯着眼睛。

"就是靠里边那个，那个大圆脸，看，还有手表哪，比指甲盖还小哩！"凤娇又有了新发现。

香雪不言不语地点着头，她终于看见了妇女头上的金圈圈和她腕上比指甲盖还要小的手表。但她也很快就发现了别的。"皮书包!"她指着行李架上一只普通的棕色人造革学生书包。就是那种连小城市都随处可见的学生书包。

尽管姑娘们对香雪的发现总是不感兴趣,但她们还是围了上来。

"哟,我的妈呀,你踩着我脚啦!"凤娇一声尖叫,埋怨着挤上来的一个姑娘。她老是爱一惊一乍的。

"你咋呼什么呀,是想叫那个小白脸和你搭话了吧?"被埋怨的姑娘也不示弱。

"我撕了你的嘴!"凤娇骂着,眼睛却不由自主地朝第三节车厢的车门望去。

那个白白净净的年轻乘务员真下车来了。他身材高大,头发乌黑,说一口漂亮的北京话。也许因为这点,姑娘们私下里都叫他"北京话"。"北京话"双手抱住胳膊肘,和她们站得不远不近地说:"喂,我说小姑娘们,别扒窗户,危险!"

"哟,我们小,你就老了吗?"大胆的凤娇回敬了一句。

姑娘们一阵大笑,不知谁还把凤娇往前一搡,弄得她差点撞在他身上。这一来反倒更壮了凤娇的胆。"喂,你们老待在车上不头晕?"她又问。

"房顶子上那个大刀片似的,那是干什么用的?"又一个姑娘问。她指的是车厢里的电扇。

"烧水在哪儿?"

"开到没路的地方怎么办?"

"你们城市里一天吃几顿饭?"香雪也紧跟在姑娘们后边小声问了一句。

"真没治!""北京话"陷在姑娘们的包围圈里,不知所措地嘟囔着。

快开车了,她们才让出一条路,放他走。他一边看表,一边朝车门跑去,跑到门口,又扭头对她们说:"下次吧,下次告诉你们!"他的两条长腿灵巧地向上一跨就上了车,接着一阵叽里哐啷,绿色的车门就在姑娘们面前沉重地合上了。列车一头扎进黑暗,把她们撇在冰冷的铁轨旁边。很久,她们还能感觉到它那越来越轻的震颤。

一切又恢复了寂静,静得叫人惆怅。姑娘们走回家去,路上总要为一点小事争论不休:

"谁知道别在头上的金圈圈是几个?"

"八个。"

"九个。"

"不是!"

"就是!"

"凤娇你说哪?"

"她呀,还在想'北京话'哪!"有人开起了凤娇的玩笑。

"去你的,谁说谁就想。"凤娇说着捏了一下香雪的手,意思是叫香雪帮腔。

香雪没说话,慌得脸都红了。她才十七岁,还没学会怎样在这种事上给人家帮腔。

"他的脸多白呀!"那个姑娘还在逗凤娇。

"白?还不是在那大绿屋里捂的。叫他到咱台儿沟住几天试试。"有人在黑影里说。

"可不,城里人就靠捂。要论白,叫他们和咱香雪比比。咱们香雪,天生一副好皮子,再照火车上那些闺女的样儿,把头发烫成弯绕绕,啧啧!'真没治'!凤娇姐,你说是不是?"

凤娇不接茬儿,松开了香雪的手。好像姑娘们真在贬低她的什么人一样,她心里真有点替他抱不平呢。不知怎么的,她认定他的脸绝不是捂白的,那是天生。

香雪又悄悄把手送到凤娇手心里,她示意凤娇握住她的手,仿佛请求凤娇的宽恕,仿佛是她使凤娇受了委屈。

"凤娇,你哑巴啦?"还是那个姑娘。

"谁哑巴啦!谁像你们,专看人家脸黑脸白。你们喜欢,你们可跟上人家走啊!"凤娇的嘴很硬。

"我们不配!"

"你担保人家没有相好的?"

……

不管在路上吵得怎样厉害,分手时大家还是十分友好的,因为一个叫人兴奋的念头又在她们心中升起:明天,火车还要经过,她们还会有一个美妙的一分钟。和它相比,闹点小别扭还算回事吗?

哦,五彩缤纷的一分钟,你饱含着台儿沟的姑娘们多少喜怒哀乐!

日久天长,这五彩缤纷的一分钟,竟变得更加五彩缤纷起来,就在这个一分钟里,她们开始挎上装满核桃、鸡蛋、大枣的长方形柳条篮子,站在车窗下,抓紧时间跟旅客和和气气地做买卖。她们踮着脚尖,双臂伸得直直的,把整筐的鸡蛋、红枣举上窗口,换回台儿沟少见的挂面、火柴,以及属于姑娘们自己的发卡、香皂。有时,有人还会冒着回家挨骂的风险,换回花色繁多的纱巾和能松能紧的尼龙袜。

凤娇好像是大家有意分配给那个"北京话"的,每次都是她提着篮子去找他。她和他做买卖故意磨磨蹭蹭,车快开时才把整篮的鸡蛋塞给他。要是他先把鸡蛋拿走,下次见面时再付钱,那就更够意思了。如果他给她捎回一捆挂面、两条纱巾,凤娇就一定抽出一斤挂面还给他。她觉得,只有这样才对得起和他的交往,她愿意这种交往和一般的做买卖有所区别。有时她也想起姑娘们的话:"你担保人家没有相好的?"其实,有没有相好的不关凤娇的事,她又没想过跟他走。可她愿意对他好,难道非得是相好的才能这么做吗?

香雪平时话不多,胆子又小,但做起买卖却是姑娘中最顺利的一个。旅客们爱买她的货,因为她是那么信任地瞧着你,那洁如水晶的眼睛告诉你,站在车窗下的这个女孩子还不知道什么叫受骗。她还不知道怎么讲价钱,只说:"你看着给吧。"你望着她那洁净得仿佛一分钟前才诞生的面孔,望着她那柔软得宛若红缎子似的嘴唇,心中会升起一种美好的感情。你不忍心跟这样的小姑娘耍滑头，在她面前，再爱计较的人也会变得慷慨大度。

有时她也抓空儿向他们打听外面的事，打听北京的大学要不要台儿沟人，打听什么叫"配乐诗朗诵"（那是她偶然在同桌的一本书上看到的）。有一回她向一位戴眼镜的中年妇女打听能自动开关的铅笔盒，还问到它的价钱。谁知没等人家回话，车已经开动了。她追着它跑了好远，当秋风和车轮的呼啸一同在她耳边鸣响时，她才停下脚步意识到了，自己的行为是多么可笑啊。

火车眨眼间就无影无踪了。姑娘们围住香雪，当她们知道她追火车的原因后，便觉得好笑起来。

"傻丫头！"

"值不当的！"

她们像长者那样拍着她的肩膀。

"就怪我磨蹭，问慢了。"香雪可不认为这是一件值不当的事，她只是埋怨自己没抓紧时间。

"咳，你问什么不行呀！"凤娇替香雪挎起篮子说。

"谁叫咱们香雪是学生呢。"也有人替香雪分辩。

也许就因为香雪是学生吧，是台儿沟唯一考上初中的人。

台儿沟没有学校，香雪每天上学要到十五里以外的公社。尽管不爱说话是她的天性，但和台儿沟的姐妹们总是有话可说的。公社中学可就没那么多姐妹了，虽然女同学不少，但她们的言谈举止，一个眼神，一声轻轻的笑，好像都是为了叫香雪意识到,她是小地方来的,穷地方来的。她们故意一遍又一遍地问她:"你们那儿一天吃几顿饭?"她不明白她们的用意,每次都认真地回答:"两顿。"然后又友好地瞧着她们反问道:"你们呢?"

"三顿!"她们每次都理直气壮地回答。之后,又对香雪在这方面的迟钝感到说不出的怜悯和气恼。

"你上学怎么不带铅笔盒呀?"她们又问。

"那不是吗。"香雪指指桌角。

其实,她们早知道桌角那只小木盒就是香雪的铅笔盒,但她们还是做出吃惊的样子。每到这时,香雪的同桌就把自己那只宽大的泡沫塑料铅笔盒摆弄得哒哒乱响。这是一只可以自动合上的铅笔盒,很久以后,香雪才知道它所以能自动合上,是因为铅笔盒里包藏着一块不大不小的吸铁石。香雪的小木盒,尽管那是当木匠的父亲为她考上中学特意制作的,它在台儿沟还是独一无二的呢。可在这儿,和同桌的铅笔盒一比,为什么显得那样笨拙、陈旧?它在一阵哒哒声中有几分羞涩地畏缩在桌角上。

香雪的心再也不能平静了,她好像忽然明白了同学们对于她的再三盘问,明白了台儿沟是多么贫穷。她第一次意识到这是不光彩的,因为贫穷,同学们才敢一遍又一遍地盘问她。她盯住同桌那只铅笔盒,猜测它来自遥远的大城市,猜测它的价钱肯定非同寻常。三十个鸡蛋换得来吗?还是四十个、五十个?这时她的心又忽地一沉:怎么想起这些了?娘攒下鸡蛋，不是为了叫她乱打主意啊！可是，为什么那诱人的哒哒声老是在耳边响个没完？

深秋，山风渐渐凛冽了，天也黑得越来越早。但香雪和她的姐妹们对于七点钟的火车，是照等不误的。她们可以穿起花棉袄了，凤娇头上别起了淡粉色的有机玻璃发卡，有些姑娘的辫梢还缠上了夹丝橡皮筋。那是她们用鸡蛋、核桃从火车上换来的。她们仿照火车上那些城里姑娘的样子把自己武装起来，整齐地排列在铁路旁，像是等待欢迎远方的贵宾，又像是准备着接受检阅。

火车停了，发出一阵沉重的叹息，像是在抱怨台儿沟的寒冷。今天，它对台儿沟表现了少有的冷漠：车窗全部紧闭着，旅客在昏黄的灯光下喝茶、看报，没有人向窗外瞥一眼。那些眼熟的、常跑这条线的人们，似乎也忘记了台儿沟的姑娘。

凤娇照例跑到第三节车厢去找她的"北京话"，香雪系紧头上的紫红色线围巾，把臂弯里的篮子换了换手，也顺着车身不停地跑着。她尽量高高地踮起脚尖，希望车厢里的人能看见她的脸。车上一直没有人发现她，她却在一张堆满食品的小桌上，发现了渴望已久的东西。它的出现，使她再也不想往前走了，她放下篮子，心跳着，双手紧紧扒住窗框，认清了那真是一只铅笔盒，一只装有吸铁石的自动铅笔盒。它和她离得那样近，如果不是隔着玻璃，她一伸手就可以摸到。

一位中年女乘务员走过来拉开了香雪。香雪挎起篮子站在远处继续观察。当她断定它属于靠窗那位女学生模样的姑娘时，就果断地跑过去敲起了玻璃。女学生转过脸来，看见香雪臂弯里的篮子，抱歉地冲她摆了摆手，并没有打开车窗的意思。不知怎么的她朝车门跑去，当她在门口站定时，还一把扒住了扶手。如果说跑的时候她还有点犹豫，那么从车厢里送出来的一阵阵温馨的、火车特有的气息却坚定了她的信心，她学着"北京话"的样子，轻巧地跃上了踏板。她打算以最快的速度跑进车厢，以最快的速度用鸡蛋换回铅笔盒。也许，她之所以能够在几秒钟内就决定上车，正是因为她拥有那么多鸡蛋吧，那是四十个。

香雪终于站在火车上了。她挽紧篮子，小心地朝车厢迈出了第一步。这时，车身忽然悸动了一下，接着，车门被人关上了。当她意识到眼前发生了什么事时，列车已经缓缓地向台儿沟告别了。香雪扑在车门上，看见凤娇的脸在车下一晃。看来这不是梦，一切都是真的，她确实离开姐妹们，站在这既熟悉又陌生的火车上了。她拍打着玻璃，冲凤娇叫喊："凤娇！我怎么办呀，我可怎么办呀！"

列车无情地载着香雪一路飞奔，台儿沟刹那间就被抛在后面了。下一站叫西山口，西山口离台儿沟三十里。

三十里，对于火车、汽车真的不算什么，西山口在旅客们闲聊之中就到了。这里上车的人不少，下车的只有一位旅客，那就是香雪。她胳膊上少了那只篮子，她把它塞到那个女学生座位下面了。

在车上,当她红着脸告诉女学生,想用鸡蛋和她换铅笔盒时,女学生不知怎么的也红了脸。她一定要把铅笔盒送给香雪,还说她住在学校吃食堂,鸡蛋带回去也没法吃。她怕香雪不信,又指了指胸前的校徽,上面果真有"矿冶学院"几个字。香雪却觉着她在哄她,难道除了学校她就没家吗?香雪一面摆弄着铅笔盒,一面想着主意。台儿沟再穷,她也从没白拿过别人的东西。就在火车停顿前发出的几秒钟的震颤里,香雪还是猛然把篮子塞到女学生的座位下面,迅速离开了。

车上,旅客们曾劝她在西山口住一夜再回台儿沟。热情的"北京话"还告诉她,他爱人有个亲戚就住在站上。香雪并没有住,更不打算去找"北京话"的什么亲戚,他的话倒使她感到了委屈,她替凤娇委屈,替台儿沟委屈。她只是一心一意地想:赶快走回去,明天理直气壮地去上学,理直气壮地打开书包,把"它"摆在桌上。车上的人既不了解火车的呼啸曾经怎样叫她像只受惊的小鹿那样不知所措,更不了解山里的女孩子在大山和黑夜面前到底有多大本事。

列车很快就从西山口车站消失了,留给她的又是一片空旷。一阵寒风扑来,吸吮着她单薄的身体。她把滑到肩上的围巾紧裹在头上,缩起身子在铁轨上坐了下来。香雪感受过各种各样的害怕,小时候她怕头发,身上沾着一根头发抖不下来,她会急得哭起来;长大了她怕晚上一个人到院子里去,怕毛毛虫，怕被人胳肢（凤娇最爱和她来这一手）。现在她害怕这陌生的西山口，害怕四周黑幽幽的大山，害怕叫人心跳的寂静，当风吹响近处的小树林时，她又害怕小树林发出的窸窸窣窣的声音。三十里，一路走回去，该路过多少大大小小的林子啊！

一轮满月升起来了，照亮了寂静的山谷，灰白的小路，照亮了秋日的败草、粗糙的树干，还有一丛丛荆棘、怪石，还有漫山遍野那树的队伍，还有香雪手中那只闪闪发光的小盒子。

她这才想到把它举起来仔细端详。她想，为什么坐了一路火车，竟没有拿出来好好看看？现在，在皎洁的月光下，她才看清了它是淡绿色的，盒盖上有两朵洁白的马蹄莲。她小心地把它打开，又学着同桌的样子轻轻一拍盒盖，"哒"的一声，它便合得严严实实。她又打开盒盖，觉得应该立刻装点东西进去。她从兜里摸出一只盛擦脸油的小盒放进去，又合上了盖子。只有这时，她才觉得这铅笔盒真属于她了，真的。她又想到了明天，明天上学时，她多么盼望她们会再三盘问她啊！

她站了起来，忽然感到心里很满意，风也柔和了许多。她发现月亮是这样明净。群山被月光笼罩着，像母亲庄严、神圣的胸脯；那秋风吹干的一树树核桃叶，卷起来像一树树金铃铛，她第一次听清它们在夜晚，在风的怂恿下"豁啷啷"地唱歌。她不再害怕了，在枕木上跨着大步，一直朝前走去。

大山原来是这样的！月亮原来是这样的！桃树原来是这样的！香雪走着，就像第一次认出养育她成人的山谷。台儿沟呢？不知怎么的，她加快了脚步。她急着见到它，就像从来没见过它那样觉得新奇。台儿沟一定会是"这样的"：那时台儿沟的姑娘不再央求别人，也用不着回答人家的再三盘问。火车上的漂亮小伙子都会求上门来，火车也会停得久一些，也许三分、四分，也许十分、八分。它会向台儿沟打开所有的门窗，要是再碰上今晚这种情况，谁都能从从容容地下车。

今晚台儿沟发生了什么事？对了，火车拉走了香雪。为什么现在她像闹着玩儿似的去回忆呢？四十个鸡蛋也没有了，娘会怎么说呢？爹不是盼望每天都有人家娶媳妇、聘闺女吗？那时他才有干不完的活儿，他才能光着红铜似的脊梁，不分昼夜地打出那些躺柜、碗橱、板箱，挣回香雪的学费。想到这儿，香雪站住了，月光好像也黯淡下来，脚下的枕木变成一片模糊。回去怎么说？她环视群山，群山沉默着；她又朝着近处的杨树林张望，杨树林窸窸窣窣地响着，并不真心告诉她应该怎么做。是哪儿来的流水声？她寻找着，发现离铁轨几米远的地方，有一道浅浅的小溪。她走下铁轨，在小溪旁边蹲了下来。她想起小时候有一回和凤娇在河边洗衣裳，碰见一个换芝麻糖的老头。凤娇劝香雪拿一件旧汗褂换几块糖吃，还教她对娘说，那件衣裳不小心叫河水给冲走了。香雪很想吃芝麻糖，可她到底没换。她还记得，那老头真心实意等了她半天呢。为什么她会想起这件小事？她现在也许应该骗娘吧,因为芝麻糖怎么也不能和铅笔盒的重要性相比。她要告诉娘,这是一个宝盒子,谁用上它,就能一切顺心如意,就能上大学、坐上火车到处跑,就能要什么有什么,就再也不会被人盘问她们每天吃几顿饭了。娘会相信的,因为香雪从来不骗人。

小溪的歌唱高昂起来了,它欢腾着向前奔跑,撞击着水中的石块,不时溅起一朵小小的浪花。香雪也要赶路了,她捧起溪水洗了把脸,又用沾着水的手抿光被风吹乱的头发。水很凉,但她觉得很精神。她告别了小溪,又回到了长长的铁路上。

前边又是什么?是隧道,它愣在那里,就像大山的一只黑眼睛。香雪又站住了,但她没有返回去,她想到怀里的铅笔盒,想到同学们惊羡的目光,那些目光好像就在隧道里闪烁。她弯腰拔下一根枯草,将草茎插在小辫里。娘告诉她,这样可以"避邪"。然后她就朝隧道跑去。确切地说,是冲去。

香雪越走越热了,她解下围巾,把它搭在脖子上。她走出了多少里?不知道。尽管草丛里的"纺织娘""油葫芦"总在鸣叫着提醒她。台儿沟在哪儿?她向前望去,她看见迎面有一颗颗黑点在铁轨上蠕动。再近一些她才看清,那是人,是迎着她走过来的人群。第一个是凤娇,凤娇身后是台儿沟的姐妹们。

香雪想快点跑过去,但脚为什么变得异常沉重?她站在枕木上，回头望着笔直的铁轨，铁轨在月亮的照耀下泛着清淡的光，它冷静地记载着香雪的路程。她忽然觉得心头一紧，不知怎么的就哭了起来，那是欢乐的泪水、满足的泪水。面对严峻而又温厚的大山，她心中升起一种从未有过的骄傲。她用手背抹净眼泪，拿下插在辫子里的那根草茎，然后举起铅笔盒，迎着对面的人群跑去。

山谷里突然爆发了姑娘们欢乐的呐喊。她们叫着香雪的名字，声音是那样奔放、热烈；她们笑着，笑得是那样不加掩饰、无所顾忌。古老的群山终于被感动得颤栗了，它发出洪亮低沉的回音，和她们共同欢呼着。

哦，香雪！香雪！

对面

我从北门市搬到南门市，多半是为了逃离肖禾的追逐。

我第一次接触的女人便是肖禾，那时我们念高三，肖禾被我们男生称作"洋马"。她那高大蓬勃的身材和手臂上浓密的金色汗毛，以及微微上翘的圆屁股，使很多人想入非非。加上她那个既天真幼稚、又欠庄重的坏毛病——吮大拇指，更使校园里的气氛时不时地显出焦躁和压抑。

我与肖禾是邻居，她家住在我家的楼上。高考之后等待录取通知书的一个下午，她打电话叫我上楼，说要让我看一样东西。我上楼按了她家的门铃,她吮着大拇指给我开了门。那个长期被唾液浸淹着的大拇指离我很近,味儿很酸,很膻,使我心中突然像多了点儿累赘,虽然我也同许多男生一样,为她做过一些想入非非的梦。

她请我坐下,从桌上的铅笔盒里取出一张字条塞给我说:"你自己看吧。"说完就进了厨房,就像有意给我腾出看字条的时间。我打开字条,上面写着"肖禾我想和你性交"。以我当时不满十九岁的年龄,很为这几个字感到羞惭,感到震惊,感到太阳穴蹦蹦乱跳,还感到一种欲望的不可扼制。虽然这字条不是出自我手,却直白地表述了我意识的深处。虽然肖禾大拇指上的气味儿破坏了我对她的整体感受,此刻我却急迫地想再细看看整个的肖禾。她从厨房里出来了,神情有点儿犹豫不定,两眼却坚定地望着我。她挨着我坐下,默不作声地低着头。好像那小字条使她蒙受了天大的耻辱,只有我才能帮她抹去这耻辱。或者干脆那小字条就是我写的,而她甘愿为我照字条上所写的去做——和我做。她说此刻她爸她妈不在家。见我没反应,她又强调了一遍她爸她妈不在家,这之前我与肖禾甚至连朋友也说不上,可是突然间她把我弄得必须得为她做点儿什么。在这里我用"为她"一词好使我显出和她在意识上的区别,实际真要做起来,我也是为我——虽然看上去我像个无辜者。

她又说了一遍她爸和她妈不在家。果然,我的精神和欲望被这暗示抖擞起来,一套只有我和肖禾的房子和一张只有我们俩看过的字条使一切都不在话下。房间骤然变得窄小了，我似乎顶天立地，浑身说不出的憋闷，下巴一个劲儿哆嗦。我伸手试着去摸她的脸颊，她闪开我，站起来领我走进她的房间，然后我们在她那张整洁的小床上做了我们想做的。对于事情的全过程我一直缺乏细节的记忆，尽管细节肯定存在。我完全不记得那天她穿的衣服，也不记得她是怎样在我面前把自己脱光（或者没脱光）。我只记得我怀着战胜了所有男生的得意，怀着邪恶的激动匍匐在一堆白花花的物体之上忙活了一阵。我手忙脚乱却装作充满活力；我害羞腼腆却装作见过世面的大男人。因为要装见过世面的大男人，一直沉默不语的我还忽然脱口而出地说了一声"亲爱的"。在我的间接经验里，这三个字似乎是文明的做爱必不可少的内容之一，这初次对它的脱口而出使我对自己恼恨万分，因为它是那样地做作，那样地口是心非。这装腔作势的模仿是那样拙劣，我盼望肖禾根本就没有听见。但是她听见了。

我的"亲爱的"使肖禾那闭着的双眼睁了开来（当她睁开眼时我才发觉她一直闭着眼），她伸出双臂搂住我的脖子，被男生们向往过的那些汗毛蹭着我汗津津的脸，使我心中升起一股无名火，因为我觉得她这么搂我也是一种模仿。我们模仿着又在心中揭穿着彼此的模仿行为（至少我是这样），直到像两个陌生人一样分开。我们快速穿好衣服，闹了别扭似的谁也不看谁。又愣了一会儿，我离开肖禾回到自己家。一连几天，我们碰面时不说一句话，仇人一般。我初次领会到做这事不仅可以紧密地结合男人和女人，更可以残酷地分离男人和女人。我为我这初次的领会感到一种无处诉说的委屈：我不曾与谁做爱，我只是在猝不及防的机会到来时"做事"。

很久之后我偶然地读过一段"荆轲刺秦王"的野史，其中写到燕太子丹为了笼络荆轲使之为其效力，绞尽了脑汁。比如荆轲骑千里马游玩归来，偶然提及千里马的肝分外鲜嫩，燕太子丹马上叫人杀马取肝，烹调成菜献给荆轲；又比如荆轲夸赞一位给他斟酒的宫女手长得好看，燕太子丹立即叫人砍掉宫女双手，放在铜盘中献给荆轲。这使我想起了我在肖禾家度过的那个下午，那个白花花的身体与肖禾本人并无关系，那只是一堆纯物质的皮肉，好比宫女那双放在铜盘里的手。那双美丽的玉手倘若不复长在宫女身上，它便只能具有标本的意义。当我们用自己最初的全部柔情，用自己最敏感、最脆弱的心灵，小心翼翼地注视着我们一无所知的神秘的少女，以无限朦胧而又丰富的想象编织我们与她们之间的故事时，这少女突然直截了当地脱去衣裙朝我们逼来，爱和柔情便逃遁了，剩下的只有明白的欲望和粗鲁。更何况，我对肖禾从来就不曾发生"脆弱的柔情"，事后我甚至怀疑那张小字条是她自己写的，她假借别人之口说出了她想要我做的，我则利用了这"假借"。我的虚荣我的好奇我满脑瓜的胡思乱想和这"假借"纠缠在一起，助我完成了这初次的毫无意思的体验。为此我憎恨肖禾，她的手段使我领略了也丧失了我应该体味和享受的一切：细致的顾盼，美妙的暗示，彼此相见时那心花怒放的情绪，甚至平淡无奇的琐碎对话。

后来我等到了大学录取通知书去了北京，肖禾没有等到。四年之后我大学毕业又回到北门市，肖禾早在北门市一所大学的实验室找到了工作。我们仍然是邻居，在校园里肖禾仍然被人想入非非，其中有涉世未深的学生，也有稍具阅历的教师。有一次她坦率地告诉我，她已经和几个男人有过交往，他们使她体味了这件事情的快乐，也使她学会了如何快乐。她却因此而更加想念我。她要弥补从前我们那苦涩而又尴尬的经历，她要像个真正的女人那样把我应得的一切给我。每次见面谈话，我们都是先绕着这个主题，可结果还是归到这个主题之下。说这话时她已不像当年那么拘谨、生硬，却仍然吮着大拇指，有一瞬间我觉得她像个淫荡的白痴。白痴并不是不能激起人的欲望，有时候在街角垃圾桶旁坐着的女乞丐、女傻子会莫名其妙地引起男人理直气壮的冲动，使我相信人有时候会有一种自然的企盼淋漓尽致地亵渎自己的妄想。

肖禾并不是乞丐、傻子，她所以又激发起我的兴致，正因为她声称她和除我之外的一些人干过，而他们给了她快乐。这使我恨不得立刻将她按倒在地讨伐她，以证实我的出色。此时我的状态好比两个为了吉尼斯纪录而比赛喝啤酒的人，起决定作用的并非他们对啤酒的爱，而是战胜对方的渴望。肖禾就是啤酒，我必得通过这啤酒来挽回从前的手忙脚乱，从前的羞涩腼腆，从前那一声虚假做作之至的"亲爱的"。

我们重复了那个下午的事情。事后肖禾夸奖了我，她甚至激动得哭起来，任鼻涕眼泪乱七八糟地往下流。她说她相信这几年我肯定也有过女伴，但她不在乎，她要用跟我结婚来证实她的不在乎——这时仿佛我又成了那比赛中的啤酒。

我还不想结婚，尤其不想同肖禾结婚。她的坦率能勾起我的性欲，她的坦率也使我比任何时候都更加明确了：我不要这个女人。

这个女人却打定主意要跟我，到处散布我和她睡觉。她想用睡觉来证明我和她关系的严重性、深刻性。有时你确实觉得性行为和睡觉有所区别，人世间大部分性行为是达不到睡觉的深度的。一个男人和一个女人真正心甘情愿、坦然无忌地睡在一起（这里的睡没有性的意味）是不容易的，这很可能是人类最难的几件事情之一。肖禾把它看得过于轻易，她轻易就想用睡觉的舆论来迫我就范。在那些日子里我成了厚颜无耻的不负责任的诱骗女性的公子哥，我的父亲也多次规劝我要认真地对待生活。我无法向世人表明我的认真，倘若我说，除了肖禾我还和好几个女人"睡过"，但我并没有通过这些"睡"找到爱情，因此我还在继续寻找，而这正是我的认真之处，他们肯定会大骂我的下流。

说到对待生活的认真，我母亲可说是个典范。她在规劝我娶肖禾时，除去列举肖禾的诸多优点，还指出肖禾的人中长得又深又长，说这种女人生育能力强并且头胎多半是儿子。这话的含义虽不再是中国民间的"多子多福"论，起码也是暗示我，肖禾女人特征之出众吧。我立刻想起"洋马"那个外号,而我的母亲则是牲口市上的行家。

很长一段时间我被肖禾忽而软忽而硬、忽而悲戚万状、忽而强悍野蛮的行径包围着,我甚至惧怕听到楼上她家传来的脚步声,不管那是谁的脚步都使我一律想起马蹄嘚嘚,这"马蹄"还使我开始厌恶我生活的这座城市。

人是可以因了厌恶存在于这城市中的一个人,继而厌恶整座城市的。我已无法容忍北门市,我花费了两年的努力,才从北门搬到南门。

南门市被很多人看作单调、乏味,甚至连自己的口音都未形成的城市。她的历史短暂,不像其他城市那样,总能从犄角旮旯找出点儿历史的痕迹:一块石碑啦,一间小庙啦,几处名人的公馆啦……便值得骄傲了。倘若基建时再挖出几个坛子罐子,一座城市就更加非比寻常。南门没有这些,基建挖坑时连块古瓷片也没见过。但这并没有妨碍南门市成为一个大城市。她没有阅历,也就没有包袱;她拿不出值得子孙后代骄傲的古董,也就不那么任性。不那么任性,才使南门市能够更快、更少麻烦地接纳新事物:房地产、高科技开发、三资企业、股票市场接踵出现,乃至聘请外国专家规划市容,街上连自动柜员机也有了。而大批外地、外省人的流入,终于使南门市有了自己口音的雏形。这是一种以原装南门口音为基础,杂以京、津味道的"普通话"。所谓原装的南门口音,实际是一百年前这块土地上种棉者的乡音,那时南门尚是几十户人家的小村。那乡音有点儿生硬有点儿愣，但对话极为简练，有着直出直入的风范。比如有骑车者在街上撞了人，警察过来干预。

警察问："为什么撞人？"

南门人答："莫（没）铃儿（指车）！"

警察又问："为什么不安铃儿？"

南门人答："莫（没）空儿！"

九十年代的南门口音里，"莫"已经进化成了"没"，这种对普通话的质朴向往和顽强靠拢还使南门人养就了较为厚道的待人习性。他们不排斥外人，因为实际上南门是个被外人占领的城市。它无法引人怀旧，却能诱人寻找机会。我常常以为在一个充满怀旧意蕴的古老城市，机会终究不会太多。特别像我这样一个揣着狼狈的麻烦从故里逃脱的人，更是愿意在一个彼此纠缠不深的环境里寻找我的一切可能。目前我在一个被称作设计院的大单位工作。

我为之服务的这家设计院是个颇具规模且保密性很强的单位。据老同事们讲，过去各科室、各车间之间都不了解彼此的任务，外人进院办事，要自带档案。由于它的规模和性质，使它地处南门市的最边缘，与郊区的乡村土地接壤。它仿佛是被南门市抛掷出去的一个庞然大物，又仿佛是南门市继续向外扩张自己的一个急先锋。连接南门市与这"急先锋"的，是每隔二十五分钟开来一辆的公共汽车。汽车把粉末儿一样干细的黄土带进市区，又从那里载回一些大院里我已熟悉的面孔。除非特殊需要,我难得乘公共汽车去浏览一次市区,因为这设计院好比一座微型小城,吃、穿、用、玩的设施基本齐备,它无时不在告诉我这儿就是我需要的一切,何必要用乘公共汽车来证实你在南门市的存在呢。我只乘公共汽车去过一次市中心的大仓酒店,一位大学同学发了财,路过南门市在那儿请我吃饭。

这同学是倒腾电脑发起来的,身边伴着一位女郎。女郎脸上涂抹着疲惫的脂粉,脖子上争先恐后地绕着好几圈金项链。我以为这是他的太太,他却大大方方地告诉我说不是,但比太太更亲密。女郎大腿压在二腿上直乐,两条腿神经质地抖个没完。这同学问我是不是已经给什么人做了丈夫,我说没有,他说这就对了——不过就算当了丈夫也用不着怕谁。什么叫丈夫?丈夫丈夫就是一丈之内是你的夫,一丈之外立即作废。那天我们吃了不少也喝了不少,彼此又说了些哥儿们义气之类的废话,一瞬间我感到我自己挺没意思。

当我从酒店乘车归来,当汽车驶出市区,我在车上遥望着矗立在原野上的设计院那白色的楼群,它就像行走在平静海面上的一艘巨轮,衬托着它的似乎将永远是风平浪静。

我打算就在这"巨轮"上从容、自在地活上一阵,而且我已经在这里发现了几个有些姿色的女性,比如设计院幼儿园的一个阿姨——后来我知道她叫林林。这是个黑眉毛白脸的小个子姑娘,在人前装得文文雅雅,领着孩子们在甬路上散步时,走到僻静处就伸手到白大褂兜里摸零食吃。或许正是这个摸零食吃的动作吸引了我，使我有时候很想把她拥在怀里，像喂孩子一样喂她吃点儿什么。这个俗不可耐的想象总鼓动着我寻找机会接近林林，比如算好时间故意在她带孩子散步时走过来。那时我装得步履匆匆，"匆匆"到简直就像没看见身旁有一队孩子和一个漂亮姑娘。有一次当我一无所获地白白穿过了林林的队伍，在我身后却突然爆发出孩子们齐声的招呼："叔——叔——好！"我无比激动地回头看林林，她正低头弯腰给一个孩子擦鼻涕。她装作对一切浑然不知，那仅仅是装作，我怀着百分之百的把握想。果然，当她以为我已远去时就慢慢抬起头来，我正好放肆地迎住了她的目光。她很矜持地冲我笑笑，只有我知道这分明是久已对我有过观察的笑。假如不是这期间我出了点儿事，很快我就会邀请她去我的单身宿舍做客了，但事情就出在我的宿舍里。

　　起初宿舍独属于我个人，也许正因为它曾经独属于我，才使我产生搂着幼儿园阿姨喂她零食吃的念头。但好景不长，正当我和林林有了交往可能的时候，这宿舍不再独属于我，行政处给我塞进来一个名叫罗欣的人，从此这个戴眼镜的孱弱的瘦子成了我的同屋。我得承认罗欣基本是个善解人意、不惹是生非的"舍友"，而且他对我有一种莫名其妙的敬意。每当我坐在自己桌前翻着闲书喝几口白酒时，他总是拿出他的啤酒很诚恳地说："喂，喝点儿啤的吧。"我讨厌有人把啤酒说成"啤的"，但我竭力压抑着心中的厌恶，竭力谴责我这种挑剔他人用词的毛病。况且罗欣与我相比真是不堪一击的样子,若是将他剥光了去给画家当模特儿,画家们肯定无法找出他身上的哪块肌肉在哪儿。于是我可怜起罗欣,捎带着也可怜起他那句"喝点儿啤的吧"。

但罗欣的另一个习惯却使我越发不能容忍,便是他每晚必须一次的洗涮他的那个玩意儿。为此他的床下总备着一个稍大于饭盆的搪瓷小盆,盆内总扔着一块乌七麻黑的小毛巾。我相信这绝不是出于卫生的需要,因为离我们不远就有浴室,每晚我们都可以去洗热水澡或冷水澡。罗欣的洗涮在熄灯之后。当月光透过轻薄的窗帘使房间从漆黑一片转向朦朦胧胧,罗欣便蹑手蹑脚到床下取他那个小盆,然后是一阵撩水声。那声音谨慎而忸怩,那声音使我辗转反侧,使我常像遭到猥亵。我想发无名火,想探出谁是罗欣的未婚妻然后赶快把罗欣的事告诉她。我还想出其不意地把罗欣痛打一顿,最好就在他正洗得起劲儿的时刻。后来打人的念头终于把我弄得十分快乐,浑身的肌肉一阵阵发胀。一日,当罗欣又在使用他的小盆时,我一跃而起"啪"地拉开了灯。正蹲在屋角的罗欣吓得跳了起来,双手捂住腿裆。当他想拽过一条毛巾围住自己时,我几拳就把他打出了门。罗欣的眼镜跌在地上,使他连还击都找不到目标。我一边痛打罗欣,一边不忘将他那小盆踢到走廊。我的举动惊醒了熟睡的人们,当我被保卫处的人强行拽走时,罗欣已是鼻青脸肿。我一路后悔着没有踢到他的裆里。

我打罗欣,实属蛮不讲理,便想闪出一朵道德的火花——自己把责任完全担起来。当保卫处审问我这次事件的原因时,我对罗欣那个毛病只字未提,只说是因为我晚上喝醉了酒。后来保卫处、行政处(可能还有院领导)研究对我的处理,我便写了该写的检查,接受了该接受的处分。我毫无怨言,最后只声明一点:决不搬回宿舍去住。行政处问我不回宿舍回哪儿,我说去看仓库。

设计院的这个仓库,是一座远离办公楼区、紧挨院墙的独立建筑,灰砖三层楼。我早就注意到平时很少有人光顾这里,这使它显得孤立而冷清。原以为这库里存放着单位的一些秘密,其实不然,这里塞满了早被替换下来的桌椅、柜橱、旧床和铺板,像个家具库。徜徉其中,我常常百思不得其解:一座住房紧迫的城市,为什么能够容忍一座好端端的楼房专供存放破旧的桌椅?这些蒙着厚厚灰尘的桌椅乱七八糟地相互交叠着腿脚,像是一场恶战刚刚开始,又仿佛它们从前的主人无休止地争论之后留下的遗迹。主人中有的虽已故去,但灵魂还会在夜深人静时飘游而来,寻找他或她坐过的椅子,寻找他或她存放过秘密的带锁的抽屉。或者还要寻找他或她用过的某一张床,回味发生在床上的他们那不可言说的事,好比我同肖禾发生在她床上的那样。你可以永远不理睬这些灵魂的飘游,但你却不要妄图毁灭这飘游本身。越是貌似没用的家什,对人越是有一种不可言说的威力。因此看守还是必要的,派专人看守这满楼的烂木头虽说有点儿煞有介事,却也显出了一种庄重和正规，谁能保证那些家什有一天不会拔腿出来给社会添乱呢？

当我进驻了仓库，才知道或许我是第一个正规看守它的人，也才知道行政处为什么挺痛快地答应了我的请求：这仓库其实就没人看守过。这意味着我忽然获得了一种无边无际的自由，有的是桌椅供我用，床也任我挑，可以打着滚儿地睡了这张睡那张。我携着行李来到行政处指定给我的房间，房间在三楼。这里的桌椅相对少一些，使我从门到窗户可以顺畅行走。共有三张单人床可供我选择，我毫不犹豫地把行李扔在靠窗的床上。这时我才闻见满屋子那种辛辣、潮湿的尘土味儿。我用力推开几乎锈住的窗户，正对着这窗户的，是一个用钢窗封起来的明净的后阳台。后来我才知道，这是南门市医学院的一座宿舍楼，我的仓库与这幢宿舍楼仅一墙之隔。距离是如此地迫近，以至于我都能闻见对面阳台上做饭时飘来的阵阵米香。米香飘过来，迫使我朝着有米香的地方观测。我看见对面阳台的煤气灶上有一只中型不锈钢锅，有气从锅里冒出来。那么，锅里煮的肯定是大米粥。后来，锅开了，乳白色汤汁顶起锅盖往外溢，引出一个披头散发的女人。她从房里（厨房）冲出来掀开锅盖，热气还嘘了她的手，她爹起手来放在嘴边直吹。

我目瞪口呆。

我所以目瞪口呆，是因为这个女人只披了件浴衣。所谓"只"，是因为她实在是光着身子的。她冲出厨房时，裸体就被我一览无余。我觉得眼前很亮,像被一个东西猛地那么一照。常有消息说,一种天外来的飞碟就是赫然放着光明一划而过。她放着光明一划而过,但还是给我留下了观察的机会。我猜她不再是情窦未开的姑娘,有三十吧,三十出头吧。但她体态很棒。棒,不光是美。有人很美但不棒。她的脖子、乳房、肚子、大腿……我看到的一切都很棒。这使你觉得最打动人的女人不是美,实在是棒,男人的目瞪口呆只能是面对一个棒女人。面对肖禾我从不目瞪口呆,还没有女人使我目瞪口呆过。

我开始研究她的行为逻辑,发现她那一头湿漉漉的短发。她显然是正在洗澡,想起阳台上的锅,才迅速从卫生间抓件浴衣就奔了出来。那么,是什么原因使她不把浴衣穿好呢?显然,她早就知道她面对的是一座从无人问津的大仓库,她完全可以对它视而不见。于是她放心了,无拘无束了。人在放心时,在无拘无束时也愿意把自己暴露给自己。

这是五月的一个黄昏,南风把麦子吹黄的季节。麦海在这陈旧仓库的周围汹涌。我感谢我的选择,感谢行政处为我指定的这个房间。我悄悄地关起窗户,又蹬上桌子拧下灯泡,并且把灯绳用力拉断。我愿意在黑暗中生活,愿意让对面——以后我一直这样称呼她——以为她面对的仍然是一座被大自然包围着的老仓库。

我在北京念书的第二年暑假,因为无所事事,就受了一则电视广告的怂恿,乘火车去两百公里之外的一道大峡谷旅游。在峡谷入口处,我和当地向导因为价钱发生了争执,这时有个姑娘赶过来说,如果我不介意可以与她合雇一个向导,每人就能少拿一半儿钱。我看了她一眼,立刻表示同意。我已断定在我和她之间注定要发生点儿什么。她是合我心意的那种女性,不张狂也不忸怩,身材瘦削,脑后束着马尾辫;脸上的两三粒小黑痦子使她的面孔显得俏皮、动情;眼睛不大但挺亮,总像在为什么事而激动。

我们走进凉森森的峡谷,陡峭的崖壁上正盛开着浓密的海棠花,远看去像飘逸的云。底处尽是鹅毛笔一样的羊齿苋和叶片圆圆的独根草,逆着珍贵的阳光,它们格外剔透。向导是老实巴交的当地农民,操一口当地土话,舌头该打弯时打不过弯来。他笨嘴拙舌地给我们介绍完海棠花和羊齿苋,又讲起当地的故事传说,许多故事都和明朝的朱棣(燕王)联系着。有一个故事说,燕王扫北时,这峡谷周围的山村野舍也颇受兵荒马乱之苦。一日他正率兵骑马追赶闻风而逃的山民,发现一个逃命的妇女怀里抱着一个大小孩,手中牵着一个小小孩。燕王心中奇怪,勒马问那妇女,为什么让小小孩走路,却把大小孩抱起来?妇女说小小孩是自己亲生的,大小孩是丈夫的前妻所生。燕王听后感慨万端,惊奇这穷山恶水之中竟有如此善良仁义之人,随即告诉妇女不必再出逃。燕王让她回村后在院门口插一桃枝,士兵见到桃枝便会绕过她家。妇女回到村里却将此事挨家相告,第二天燕王的队伍一进村,发现家家门口都插满了桃枝,燕王只好命士兵放过整个村子。后人为了纪念这妇女的德行,年年四月都在门口插桃枝,久之,又将桃枝换作了桃符。

我只对这故事的后一半感兴趣,春风和煦的四月,在一个荒僻的山村里到处插满着含苞欲放的桃树枝,这景象颇似美国那个著名的故事——"幸福的黄手帕",使人觉得再过一百年当它被人重复时,依旧会充满一种激荡人心的吉祥境界,一种人类心心相印的古老魅力。我对故事的前一半颇不以为然,觉得那女人对待两个孩子的态度实在做作。何必呢,为了向世人证实自己的贤惠,偏要费劲拔力地抱着大孩子,却将一个没有行走能力的小孩扔在地上。若将两个孩子的位置换一换,说不定母子三人都能逃脱追赶——当然也就没有了这故事的后一半。

向导弯腰拔了一棵蝎子草,告诫我们不要碰它,它的叶面有一层毛刺,人的皮肤碰上去会立刻红肿一片疼痛难忍。说有些游客不知蝎子草的厉害,蹲在石头后边拉完屎就拿它当手纸用,他亲眼见过他们是怎样被蜇得一蹦老高,眼里转着泪花哇哇大叫,蝎子草的故事令我和她很开心,我们俩大笑起来,我趁她笑得浑身颤抖时伸手扶在她的腰上。她对这试探性的一扶没有显出介意,似乎不知不觉,我随即用力搂住了手下那一围纤细的腰肢。

我闻到她身上一股好闻的气味,像青草,像小溪撞在石子上溅起的那种凉味儿。我低头问她用的是什么香水,她说她用的是水味儿香水。怪不得我闻见了水味儿。这更叫我对她另眼相看。

当我对自己向往的姑娘揣摩不准时总是焦虑和急躁,总是盼望着一件事情赶快结束、下一件事情赶快开始,好让我有可能继续新的试探。现在我已不再急躁,也没有焦虑,我和她肩并肩地走在一起,心照不宣地说些无关痛痒的废话,心花怒放而又从容沉着地检阅着峡谷。峡谷没有白来,这对我果然是一条幸福的峡谷。我开始悉心品味幸福到来之前的一切琐碎过程,而这过程本身其实也就是幸福的一个内容。

当晚我们合伙吃了晚饭,还合租了当地旅游公司的"鸳鸯帐篷"。帐篷里并排放着两只用来做床的淡蓝色气垫,我们躺了上去,我迫不及待地闭掉了吊在帐篷顶上的那支发着灰白光亮的节能灯,刚才围灯飞舞的小虫们立刻就在脸上碰撞起来。我带着被小虫子碰撞的激情去触摸黑暗中的她,她说:"先别,先说点儿别的。"我闻着她的气味问她别的什么,她问我是不是读过那么一篇小说,她说出小说的名字和一个有名的作家。很可惜我没读过这篇小说也没听说过这个作家,但我却一叠声地说着我知道我知道。此时我想用我知道我知道来打断她可能要开始的讲述,因为我已热血沸腾,我已按捺不住地想立即得到自己要得到的。她却完全不顾我的热望,一味地自言自语般地讲起那个小说:一个男人和一个女人在一艘客轮上偶然地相识,当客轮停泊在一个热带小岛时他和她心照不宣地下了船,他们在岛上的一家小旅馆度过了销魂的一夜。第二天当男人醒来时女人已离他远去，船也离岛，船带走了那于他来说无比亲近又万分陌生的女人。他甚至不知她的姓名，只在他们温存过的床上找到一枚她失落的发针。于是那发针一直陪伴着这男人，他终生都在渴望通过这枚发针找到那个他心爱的女人。

我们都被这个故事弄得失魂落魄，一时间我们都成了小说中的人物，彼此相爱又永不相知，说不定明天早晨这帐篷里也会留下她的一枚发卡。她的故事引导着我尽可能做到既风流又温柔，在她这浪漫故事的笼罩下我刻意使自己让她满意。但是也许我太年轻了，年轻到还没有学会如何疼爱手中的女人，我一味地折磨她使她从自造的浪漫中回到了现实。她开始指责我，说你是多么地粗糙啊！她的指责深深地刺伤了我的自尊，好像我一下子成了她在感情上的试验品。我粗糙，那么就必然有比我细致的。我忽然像憎恨肖禾一样地憎恨起她，而男女之间气氛的突变是难以快速转换的，它必须要一方首先做出牺牲。我做出了牺牲，暂时牺牲了我的自尊又一次亲近了她，但先前的浪漫就化作了生理上单纯之至的达到目的。这时她小声告诉我说现在是她的危险期，要我保证决不给她带来麻烦。我说我一定保证保证一定，然后我们就像两个签了约的人那样大松心地度过了后半夜。最后，最后我终于淋漓尽致地将"麻烦"带给了她。也许当我向她做过保证后就决心要麻烦她一下了，在这件事上男人永远掌握着主动，男女永远无法平等，而我使用的这个卑劣手段正是要报复她对我的"粗糙"的指责。

第二天早晨我醒来时她已经不见了,属于她的那只淡蓝色气垫上果然遗落着一枚黑发卡,正符合了小说里的情节。

这种故意的遗落使我觉得我真的又一次进入了圈套,虽然她的圈套远比肖禾的圈套要高雅。使她感兴趣的不是我本人,而是在一种特定氛围中的我。当我配合着她完成了她梦幻般的经历,确有其事地把她变成了她盼望成为的小说中的人,我的存在便已不具意义。如果在我制造麻烦的一刹那内心曾对自己生发过谴责,那么这事后的分析使我变得坦然了,我甚至原谅了自己从一开始就对她抱有的不负责任的企图。

我捏起那枚发卡,发卡上还挂着她的一根头发。我再次意识到我永远不会看见她了,假如由于我,她身上真的有了麻烦,也永远没人来逼我负责。一切正因了她的浪漫,正因了我们彼此终不相知。这念头令我窃喜,又使我微微地不安。当岁月流逝我粗糙的心灵变得有了一点儿细腻的模样,我才敢正视我曾经多么地虚伪和下流。

那枚发卡被我揣在口袋里,没出半个月我就掏出来扔了。我可不想跟那篇小说里的男人一样,捏着个发卡捉迷藏似的把那女人找上一辈子。我庆幸自己连她的姓名也没问,只记住了那意味深长的桃符。

我的对面通常在早晨六点半钟推开阳台的窗子,这使得本来爱睡懒觉的我也随之调整了作息时间,我愿意赶在六点半之前起床。

我看见她穿着只有两根细带子的白色睡裙来到阳台上,乳房在睡裙里若隐若现。她的眼里分明还带着朦胧的睡意,这使她在挂窗钩时,手显得很不准确。打开窗户她便闪回房间,我的视线也跟着穿越阳台,穿越厨房大开着的门向里跟踪。她已弯进卫生间去洗漱自己,我只能看见一小段走廊和厨房对面那个房间的一角。那个房间也经常开着门,有一块棕红色发亮的东西贴墙而立,好像是钢琴的一个侧面。

这时对面又出来了,头发整整齐齐,满脸湿润的新鲜,我觉得我甚至能闻见她嘴里的牙膏味儿。她带着一身新鲜开始点着煤气灶热奶,热完奶就用平底锅煎鸡蛋。从时间上判断,她把鸡蛋煎得很嫩,煎完小心翼翼地用木铲盛进盘子,像是怕破坏鸡蛋的完整。她这种对待食物的认真态度,叫人立刻想到家里正坐着一位等待她伺候的丈夫,可是一连数日她家就她自己。

对面把阳台改作厨房,和阳台毗连的厨房却被布置成一间小型餐室。我看见她坐在高脚圆木凳上吃早饭,就着光明可鉴的白色操作台。晚饭时她才坐在餐桌旁边。尽管独自一人,对于进餐的形式她也一丝不苟,台布、餐巾、筷子、刀、叉,秩序从不紊乱。当牛奶正冒着热气时,便有面包皮片从一只小匣子里跳出来。我知道匣子叫作吐司炉,能把面包皮烤得微黄,我在北京时认识了它。她吃得挺多,挺仔细,然后常以一个西红柿作为早餐的结束。她仿佛从来没有厌烦过这种在常人看来十分讲究的早餐形式——我欣赏她的讲究；这也是文化之一种吧，我常常研究是什么经历培养了她这种半中半洋的吃饭习惯。我听说过"大家闺秀"这个词，可我接触过的女人实在连"小家碧玉"也算不上，有时我突然觉得，她们只配用蝎子草当手纸。后来天气渐渐变热，她的穿着也越来越简单，身上被遮挡的常常只有那三点。对于那三点，与其说是为了遮挡，不如说是为了特意暴露。设计这些只用来做遮挡的玩意儿的人实在是聪明，它们给人类增加的色彩，实在不仅仅是这些玩意儿的本身。

面对这个讲究到极致的随便或者随便到极致的讲究的女人，我常常怦然心动。奇怪的是我并没有要结识她本人的打算，我只想知道她的来历她的家庭她的丈夫和她的孩子，我像等待灾难一样地等待着他们。但，这个家里从来也没有出现过丈夫样的人和孩子样的人，于是我又猜测她的丈夫正在出差，而他们可能还没有孩子。那么，在医学院工作的究竟是谁呢？房主如果是她丈夫，什么事情使他连续一个多月（我已有一个月的看守仓库的历史）外出不归呢？如果是她本人，为什么她经常不回家吃午饭——在医学院工作意味着有条件回家吃午饭。如此说来，在这所大院里工作的还是她的丈夫，她应该另有职业。

我一时看不准她的职业，我看到的仅仅是她在厨房里和阳台上那些微乎其微的作为。

她剥葱剥蒜、擦洗煤气灶；她也美容，有时候她会戴着一张敷了面膜的大白脸站在阳台上削土豆皮,像鬼怪,却令我感到亲近,似乎这是她专为我而扮的一个"鬼脸儿"。

还有一天,我看见她在家里整整忙了一个下午。她收拾鱼、肉,把杯盘弄得叮当直响。她肩上搭条毛巾,不时拽下来擦脸上的汗,稍有空闲便翘起手指欣赏自己手上的戒指。这使我想到,她的忙活一定和这枚戒指有关,她的忙活应该是为了迎接一个人,一个送她戒指的人。这人绝不是她的丈夫,迎接丈夫用不着如此郑重,我想。果然,她在餐桌上摆了两套餐具。

天色暗了下去,我缩在窗前把自己埋没在黑影里,其实我的身体并不曾缩着,"缩"只是人在暗处的一种形象感觉。身在暗处窥视他人,这本身就有一种缩头缩脑的味道。我缩头缩脑地等待着,就像等待电影里一个跌宕的情节。

当对面的阳台灯火通明时,我的视线里终于出现了一个高个子男人。他静悄悄地出现在对面厨房里,出现在对面的身后。他伸出双臂猛然拢住她的腰,就势歪过头吻住了她的脖子。对面的手中正攥着一只尚未打开的酒瓶,她胡乱地把酒瓶放在桌上,试图转过身去拥抱这个男人。这男人只一味地拥挤着她,不许她转身。这举动,这景象,再次证明我的判断是对的:这人绝不是她的丈夫。中国的家庭没这规矩,没这层次。回来就回来,放下手里的东西该干什么就干什么去,吃饭就说吃饭。冷不防,她终于转了过去,他们立刻抱在一起,没完没了地接起吻来,吻到不可收拾时,他把她抱起来离开了厨房。

当他们再次出现在厨房时显得平静多了（干完了）。他们坐下来喝酒、吃鱼。他们吃得很香，很少说话。冷清时（我猜）就停下来隔着饭菜亲吻一下，他的一只手握住她的一只手（那戴着戒指的手）。

我站在窗前感受到双重的饥饿，却在心里起劲儿地笑这一男一女的煞有介事。我再次揣测那男人绝不会是对面的丈夫，直到有人怯生生地敲门。

这是我住进仓库后所听到的第一次敲门声，但我不想开门。我默不作声——屋里既然没灯，有人没人谁看得出来？敲门声却持续地响着，并且有人叫着我的名字。我听出是林林，才摸着黑开了门。林林站在门口不进来，说："你怎么不开灯啊？"

这使我无言以对，因为从来也没人问过我这个问题。但对于一个正派的女孩子，这个提问是再正常不过了。现在我不准备回答她的问话，只想先把她拽过来。我拽过了她，把门反锁上。不用问，林林对我连打带骂，她骂我是流氓。但她的骂声很快就消失了，因为我用我的嘴堵住了她的嘴。我把她紧紧抱在胸前任她像条愤怒的小蛇、小猪一样扭来扭去。拥抱林林堵林林的嘴，这实在是个权宜之计，我不愿意让她和我一起看见对面的阳台。就为这，狗急跳墙，我"跳"到了林林身上。果然，林林一慌便什么也看不见了。我还趁机对着林林的耳朵说："你知道我和罗欣为什么打起来么？就为了你。"林林不再那么惊慌失措了，但仍要从我怀里挣脱出来。这时我觉得一个硬邦邦的东西直撞我的腿，顺腿摸去原来是一只饭盒，是林林提着的一只饭盒。林林趁势挣脱我说："你让我出去，这饭盒给你。"只听咣当一声她把它放在桌上。

房间忽然比刚才又黑了一层，我发现这是因为对面阳台已经熄灯。我放下心来，一场虚惊总算过去了。可林林没有走，黑暗中我看不见她的表情，只听她再一次问我："你为什么不开灯呀？"我说灯泡坏了再说开灯招蚊子，再说多一个灯泡多一分热。林林不再提开灯不开灯的事，只告诉我饭盒里是馅儿饼。我摸到饭盒拿出个馅儿饼咬了两口，仿佛我早就在等着她的这盒馅儿饼似的。我请林林坐下。

林林在黑暗中挨我坐了下来，问我刚才都说了些什么。显然，黑暗中的一切使她产生了惊险的愉悦，才迫不及待地追问我刚才的话。我只好又重复一遍关于我和罗欣都对她如何如何。她叹了口气（我想这是得意的一叹），说只感到我对她有意思，没想到罗欣。她问我愿不愿意她常来看我，我说我当然愿意，不过最好晚上别来，中午比较合适。她问我晚上怎么啦？我说，怕对她不好，没灯。对我倒没什么。她小声儿笑了，说："只要你高兴就行。"这是句会说话的女孩子的话，会说话的女孩子都会这么说。分手时，她站在门口连连说了几次"我走了"，这当然是一种暗示，暗示我重演她进门时的那一幕。但我只是替她开了门，摸了摸（不是握）她的手。林林唰唰唰地大步下了楼，我觉得筋疲力尽。

月亮升起来，对面还是一片漆黑。我躺在床上想着刚才的一幕幕，想着对林林的一次"权宜之计"换来的将是什么？肯定是她将不断提着馅儿饼来看我的事实。想了一会儿即将来临的"事实"，我又想起了对面的明天，明天，出现在对面的将是一个人，还是两个人？

天刚亮我就从床上坐起来，觉得嘴里又苦又臭。可我不想刷牙洗脸，我一动不动地盯住窗外。

对面的窗子打开了，又是挂好窗钩，又是消失，又是对自己的漱洗，又是有秩有序的早餐。看上去她心绪很好，饭后又从厨房拎出高脚凳，登上凳子擦玻璃。她穿着一件旧衬衣和一条短裤，她哼着歌，翻来覆去地总是那么一句："咕咕、咕咕……"像鸡叫。但她的口形却因此而变得有意思了，仿佛正热切地亲着什么。

那个男人没有出现，我的猜测已得到证实。他不是她丈夫，他没有在此过夜。他们只是熟人，熟到他随时可以来，随时可以走。我心中却突然一阵阵疼痛。

念大三时我有过一次比较正式的恋爱，我喜欢低班一个名叫尹金凤的女生。有一回宿舍楼洗漱间的下水道堵了，污水溢到走廊里来。男生女生们都拿着胳膊叽里呱啦地叫，只有尹金凤挽起袖子脱了鞋，光脚走进洗漱间，掀开下水道箅子伸手就掏，掏出一大堆烂头发、牙膏皮什么的。脏水泡着她白净的脚丫，原来尹金凤长得很出众。很快我就打听到她

— 044 —

是从边远山区考来的，正应了"深山出俊鸟"那句俗语。

我开始追求她，一边得意着我的眼力。她很少参加校内娱乐活动，整天泡在图书馆看书。我于是也追她到图书馆，我们终于友好地认识了。我惊奇她的普通话讲得那么好，只有细听才会发现个别咬字的发音带着山里味儿，比如她老是把"二"念作"恶"。但这更使她显得娇憨，似乎在无意识地对人撒娇。她坦率地向我讲述了小时候贫穷的日子，说那时吃不饱饭，她们兄弟姐妹五个人，每天中午放学后都比赛着往家跑。谁先到家谁能抢上锅里的稠米汤，谁后到家谁就捞不着米了，盛到碗里的只是汤。学校离家有三里地，每次他们都跑得上气不接下气。她的讲述更激起了我"骑士"一般的热望，我多么乐意尽我的所能使她永远不回首那抢着喝稠米汤的日子。我频繁地送她东西，有一回甚至把母亲家传的一枚翡翠项坠偷出来取悦于她。我记得那次她抱住我大哭起来，当时我也很激动，我为她擦着眼泪试图去亲她的脸，但她很警觉地推开了我。她对我防范很严，这种防范更把我折磨得六神无主，这段时间一个名叫表妹的人又掺和了进来。

这表妹其实是我同宿舍的表妹。表妹的父亲是个做化妆品发了财的企业家，他们那个化妆品系列里有一项还得过布鲁塞尔尤里卡发明奖。不过用表妹的话来说，中国的化妆品就像中国的酒一样，都在某个地方得过奖。她经常提着一大袋子男用面霜、粉刺灵什么的到学校来送给一些人，唯独不给我。这举动常常把我弄得很忐忑。有一次我问她为什么不送我,她说因为我爱你,怎么能把白拿的东西送给心爱的人呢?我会送你东西的。

表妹开始送我东西,我也开始接受表妹的东西,其实我接受表妹的东西是为了拿过来转赠尹金凤。手表、打火机、运动鞋、真皮钱夹、名牌衬衫……我无一遗漏地都送到了尹金凤手上。我让她寄回山里老家,说这是我给她兄弟姐妹买的。表妹接下来就开始约我吃饭,去"肯德基",去"王府",去"香格里拉"。有一次在饭桌上,她竟然把一粒樱桃叼在嘴上让我用嘴去接,这动作有点儿刺激,却把我弄得非常别扭,一时间仿佛她嘴里叼的不是樱桃而是揉布——就算是樱桃,我怎么能咽下一个陌生女人嘴里的东西呢,这太不可思议了。我装着没反应,表妹倒也没生气,嚼着樱桃说我没见过世面。我心想这动作也配叫世面?

表妹继续向我进攻,有一回约我出来在"昆仑"吃饭,当着我的面,她花八千块钱买了一条24K金的蓝宝石项链,说是送给我母亲的。我推辞不要,表妹云山雾罩地说,不要就是看不起她爸。她告诉我,她爸爸最近跟她谈了一次,说他们家有的是钱,表妹嫁人就不要再嫁给钱了,最好嫁给知识,知识加钱,两辈子花不完。

我不得不佩服这个做雪花膏的老家伙的远见,我也十分地明白这表妹简直是提着一条宝石项链向我求婚。可我的心里只有尹金凤,假如她那个野天鹅一般的脖子上有这么一条项链该是多么不同凡响!我不记得那天我究竟说了些什么,只记得酒后的我们跌撞着来到她家,进了她的房间,上了她的床。过后我提着那条项链想:我这不是做了一回男妓吗?

第二天我迫不及待地把项链献给了尹金凤。当我亲手将它围在尹金凤的脖子上时,我对她第一次产生了不可扼制的冲动。这冲动也许是基于我对自己的怜悯:我觉得我付出的太多太多了,我需要回报,需要尹金凤的亲近。我给她戴上项链就去扯她的上衣,谁知她扬手给了我一个耳光,那一刻我才算真正领教了山里人的力气。有一会儿工夫我眼冒金星什么也看不见,尹金凤趁机跑了,临走她小声说:"我会对你好的。"我想,有这样的女人,对这种人你心急不得。

令人可恼的是,在不久以后的新年联欢会上,我看见那条蓝宝石项链竟然戴在一个绰号叫做"一比四"的女生脖子上,"一比四"是尹金凤的同班好友。我忍耐不到散会就把尹金凤叫出来,在操场上我声色俱厉地请她给我解释清楚。她无声地笑笑(即使操场漆黑我也知道她在笑),承认"一比四"脖子上的项链是我送她的那条。她说她所以送给"一比四"项链是在巴结"一比四",她所以巴结"一比四"是因为"一比四"的父亲是北门市副市长——"就是你们那个城市",她提醒我。停了一会儿她又说:"最重要的是'一比四'的母亲刚去世你明白了吧?"

我说我不明白,尹金凤说那我就说白了吧,我要向他们家进攻。

我说这回明白了,你想给"一比四"当后妈。

尹金凤说应该是我想嫁给"一比四"她爸。

有什么不一样吗？我问。

尹金凤说怎么解释都行，反正我告诉你了，这是相信你。

我说那咱们算怎么回事？

尹金凤说咱们怎么了？

（也是，咱们怎么也没有怎么。）

我说，这么说我还得感谢你对我的信任？你一边和我不清不楚，一边又借花献佛想给副市长当老婆。我告诉你，北门市的市民可不把"二"念成"恶"，见面时别忘了先改口音。

我想你不仁我也不义，先污辱污辱你再说。我以为我会激怒尹金凤，她却十分镇静地说，我正在努力把"恶"读成"二"，我还要努力修正身上的其他缺陷。"改正缺点，修正错误"，毛泽东说的。知道我钻在图书馆净干什么吗？我通读了全世界二百多个总统、总理、政治家的传记。我喜欢权力，如果我得不到权力我也得站在有权力的人身边。从小到大我受了那么多罪，只有权力可以免除我再受这样那样的罪——也包括不再受你这样的人的奚落。

我说我……

尹金凤说你奚落我的口音，这才是你们这种人的原形毕露。你以为给我们点儿小恩小惠我们就得把自己献出来？你他妈做梦！

我说这总比又要当婊子又要立牌坊好。

尹金凤说我不是婊子,我还清清白白地留着我自己呢(给那个副市长留着)。你才是婊子,男婊子,"一比四"把什么都告诉我了。戴你的项链还嫌脏脖子呢。

好家伙!我已无地自容。在这个山里姑娘面前我还能再解释什么说什么?她的精明和野心已够我的脊梁骨寒冷一阵子了。分手时我只说了一句"祝你成功",没想到又招出她一堆话来。她说我会成功的,还记得那次我在洗漱间掏下水道吧,总有一天我会指挥着别人去掏下水道去干这干那,因为我自己干过、会干,我更知道怎么指挥别人干。哎,你等等,你先别走!她叫住我。

我停住脚,她站在我的对面,身子直挺挺的,伸出脖子轻轻亲了一下我的下巴,宛若秋风把一片干枯的树叶吹上了我的脸。亲完她对我说,我说过我会对你好的,言而无信非礼也。

暑假的时候"一比四"邀请尹金凤去了北门市,毕业后尹金凤果然如愿以偿,做了市长太太。

我回到北门市以后,表妹曾经开车从北京来看我。这使我的良心深受谴责,我觉得最倒霉的莫过于这个表妹了,花了钱又献了身。我不想再这么和表妹支吾下去就把实情告诉了她,我甚至还说出了与这无关的从前的事情,比如肖禾,比如峡谷里的浪漫,以证实我的不可救药。表妹说她自己也不是什么好东西,还打过一次胎呢。她挥挥手一副很潇洒的样子,好像以挥手的姿势帮助我赶走了从前那些乱七八糟的纠缠。然后她说我只想告诉你一句话：就算你不爱我，我也不后悔，真的，虽然我这回是真心。

我看见她眼里噙着泪，可她没让眼泪掉出来就开车走了。我回到家来才发现我的桌子上有一千块钱，这他妈是什么意思？想救济我还是怎么的。那时候项链有点儿用，现在钱有个什么用。操你妈！我在心里大骂。我骂的不是表妹，可我得骂一声。

中午林林来了，把自己刻意拾掇了一番，一尘不染的样子。她给我带来几个桃子，据她说都是洗好并用洗涤灵消过毒的。我们俩并排坐在床边吃桃子，一时竟想不出什么话来。我竭力回忆着初次遇见她的情景，就因为她喜欢在背人的地方吃零食，我才想把她拥在怀里喂她吃。回忆给了我一点儿感觉，好像我们已经认识了很久。现在人和零食都在眼前，难道我不该喂她吃个桃子么？我拿了一个桃子送到她嘴边，把手臂搭上她的肩膀。她并不推开我，扭脸看了我一眼，我想我终于如愿以偿。接着我喂起她来，手臂也把她箍得更紧了。虽然我觉得这一切并不十分高级，有点儿俗，有点儿表演成分，可我猜林林还是需要这点儿表演的。

林林大概没有把这看成表演，昨晚我对她的粗鲁加"规矩"也许反而促使她倍加信赖我。她微闭着眼，一口口地嚼桃子，显得心醉神迷。我趁她不备，趁她正心醉神迷，往她嘴里塞了一个桃核。她一咬，睁开了眼，攥起拳头就捶打我。

她骂我"讨厌",还说要打死我。男人等待的简直就是女人嘴里这个"讨厌","讨厌"实在是个信号,要是听着"讨厌"再挨上两拳头,就更货真价实了。林林一捶我,我就势往床上一躺说,既然讨厌不如死了算了。林林又给了我两拳,头也顶了过来,顶在我肩膀上、胳膊上,然后便说我的衬衫都馊了,要给我洗衬衫。

一听说眼前的女人要给我洗衣服,我心中一阵悲凉,就仿佛我已经是一个丈夫了。对于"丈夫",我还是要提高些警惕的。我必须悬崖勒马,适可而止。我们刚正式接触过两次,再过几天说不定她就要替我领工资还得限制我一天抽多少烟。

对面的阳台空荡无人,我感到孤立无援。我弄明白了我需要林林就像需要一个妹妹,我愿意逗她开心,愿意她欣赏我适可而止的自我表现——一个好心大哥、"博学多才"大哥的自我表现。但我决不愿意再让她拿头顶我,骂我"讨厌",事情发展起来会无止境的。那么,我决定把她的注意力引开,比如领她参观这座满是灰尘的大仓库。

我们走进了这仓库的每一个房间。我指着如山的桌椅、如山的柜橱、如山的木床对林林说,这儿是个博物馆,联系着人类学的博物馆。你别以为它们就是桌椅板凳,它们都有各自的生命各自的记忆,人类早就遗忘的事,它们却记忆犹新。我一边说着,哗啦拽开一个抽屉,把林林吓得一激灵。我说不必惊慌,请看这是什么:两张点心票(指甲盖大)是1960年印制的。当时中国正值天灾人祸,所以食品一律凭票购买,点心已成了稀奇,每人每月只能得到一张半斤的点心票。也有不少能人为此毁掉半生的,便是造了假点心票,其罪过如同当今造假钞、走私大麻一样。不过这两张是真的。至于主人为什么慷慨而粗心地把它们遗忘在这里,你能解释吗?

林林做了几种解释,都被我否定了。林林问我:你说呢?我说只有抽屉知道。接着我又哗地拉开一个抽屉,里面有张字条,上写:"四月三日大丽借我奶票两张。"我问林林这又是怎么回事,林林说也是1960年的陈年老账吧。我说并非,那时节哪有牛奶可买,奶牛早被杀吃了。现在的关键是这个四月三日,这个四月三日究竟是哪一年的四月三日,这倒是我们一个长期的研究课题。接着我又拉开一个抽屉,这抽屉里没有点心票,也没有欠条,只在抽屉边沿上刻着几个黄豆大的字"同胞们,警惕小芝",后面有个惊叹号,刻得最深。我和林林脑袋挨着脑袋看了半天。我说,懂了吧,现在电视台的小品越编越乏味,就是因为缺乏这类线索。这里的每个线索都能编出一个上等小品。

在我的启发下,林林也给我讲了一个和抽屉有关的故事,说,有一个工程师是设计院出了名的怕老婆,经济上没有一点儿自主权,工资全部由老婆代领,花二分钱买火柴都得提前向老婆申请。后来这工程师去南方出差时飞机失事,死了。另一个工程师搬进了他的办公室占用了他的办公桌。过了好几年那办公桌的一个抽屉掉了底,工程师才发现在那抽屉缝里有一个叠成窄细长条的存折。打开存折看看,上面有五千多块钱。你猜那存折是谁的?是死了的工程师的。那死了的工程师是谁?是我爸。

林林说那些钱是她爸发表论文的零散稿费,说现在的抽屉主人当即就把钱送到了她们家。来人以为林林的母亲会喜出望外,谁知她母亲却要求这人把那张桌子的所有抽屉都拆下来看看,说没准儿还能翻出存折来呢。我对林林说你母亲挺叫人扫兴的,林林说可不是吗,如果我是那个工程师,拿到这个存折根本就不往死者遗孀手里交。你好心交给她,她反倒怀疑你指不定还昧起来几个呢,反倒怎么也说不清了。

我说就是,我说这也是一个上好的故事,说不定这桌子就在我们眼前,至于是哪张,也许已经无关紧要。我说林林,现在你应该懂得我领你参观仓库的含义了吧?今后有的是时间,我们应该把所有的家具都做一番调查,说不定能写出一部比"三言二拍"更伟大的小说来。我一边说一边哗啦哗啦地拽抽屉,林林也开始拽。她看上去比我认真,那是因为她比我更相信那个与她们家有关的故事。这拉抽屉的运动持续了好几天,所有房间的尘土都被我们搅了起来,所有的抽屉都已被拽开而我们却不知道将它们合上,致使这座仓库好像塞满了因上吊而吐出舌头的死尸。我们一无所获。

林林对此逐渐失去了兴趣,好几天不来了。我这样折腾她,这样跟她瞎白话,纯属为了排遣和填充午间的寂寞。我实在是厌烦中午,我期盼的是傍晚的来临。

黄昏了，对面亮起了灯，有时是她自己，有时也有那个高个子男人。在我的视野里，我从未漏掉过一次她和他的拥抱、亲吻、说笑，也有过争吵：她从围裙兜里拿出一封信给他看，他看了几眼扔在地上，然后弯腰捡起来再看，看完把信撕掉。她从他手里夺那撕碎的信，脸涨得通红，突然从无名指上褪下那枚戒指开窗便扔了下去。这使我不禁想到，尹金凤即使在给了我一耳光之后，也不曾有勇气把那条宝石项链一并扔给我。我看见那男人惊愕着冲她喊了一声，接着就冲到阳台上和她一起探着头往下看。她闯了祸一般抽身回到厨房，然后就不见了。男人继续向下探着头，我猜对面肯定是下楼捡戒指去了。这时男人脸上渐渐有了笑意，一定是戒指找到了。过了一会儿，对面举着戒指出现在厨房里，男人从她手中夺过戒指，攥住她的手，为她重新戴戒指。他和她都笑了。后来男人就帮她洗碗，她从他的身后为他系围裙，他又扭过头来亲她，像往常一样。

我想，这没什么，恋人（或情人）之间常有的事。但那封信却非同一般，它一定联系着另外一个人。我终于在一个本该是安静的中午发现了对面有新情况。

这个中午林林仍然没来。我无比轻松，洗了两根黄瓜，打开一瓶啤酒，坐在窗前开始吃午饭。这时对面突然出现在阳台上。跟在对面身后的是个男人，这不是那位高个子，这人比高个子岁数大，身体偏胖，也许五十岁，也许五十多岁。他尾随着对面来到阳台，对面向窗外指点着，我猜是向他介绍四周的环境。他有分寸地点着头,然后他们一起回到厨房。看得出这男人对这里并不熟悉,厨房里的一切也令他感到陌生而有趣。他拿起一些瓶瓶罐罐向对面询问着什么,她微笑着回答得有分有寸。可是当对面伏在水池前洗手时,他猛地抱住了她的腰。对面显然反抗了两下,但反抗得并不果断,于是那胖子将她扳了过来……我不知道后来发生了什么,因为关键时刻有人敲我的门。我以为是林林,气急败坏地开了门,门口站着肖禾。

我惊讶地问她是怎么找到这儿来的,她说哈萨克斯坦她都去过了,索契也去过了,区区一个设计院怎么就找不到?她还说开始她找到了我的正式宿舍,有个姓罗的告诉她,我住在仓库里。我听着肖禾说话,眼睛却死盯住对面,阳台上已空无一人就像我刚做过一个噩梦。肖禾说喂!看你那神不守舍的样儿!我这么远来看你。

我让她坐下,还给她倒了一杯啤酒,只觉得心乱如麻。我说我现在这个德行实在不值得你看望。肖禾说我就知道你得这么说,放心吧,我不是来逼你结婚的,我只是来看你。

她大口喝着啤酒,一口下去半杯,告诉我说她已经辞了职,眼下正和俄罗斯做生意,倒腾服装,什么都倒。她说你知道吗,有一回我在哈萨克斯坦遇见一个小伙子长得特别像你,就为这个我跟他白话了半天,语言又不通,他说他的我说我的,但是凭直觉我觉得我什么都懂他也什么都懂了,天哪,分手时我的心都碎了,我想回国以后第一件事就是找到你看你一眼，你信不信？

我说我信，但我可是地道的国粹怎么会像洋人。肖禾说旁观者清啊。她说她还带给我一样东西，是在国际列车上从一个俄罗斯倒爷手里买的，我说拿出来看看。她拿了出来，是一架仿古单筒望远镜，尺把长，拿在手中沉甸甸的，像一枚大号手榴弹。她替我把它拉长，给我对对焦距，递给我说，你四处看看，带微距的。我举起望远镜向窗外一扫，一下就扫到了对面的阳台，心中一个颤抖——我不是走上对面阳台了吧！阳台无人，我只看见厨房餐桌上有个瓶子，写着番茄沙司，一瓶啤酒是豪门干啤。

肖禾见我喜欢这望远镜，顿时也喜洋洋的，她告诉我虽然望远镜外观笨拙，但镜片是德国蔡斯，出自二战后德国向苏联赔款造的工厂。

我拿着望远镜故意装作对于对面的若无其事，当肖禾也想用它看看对面时，我立刻用望远镜瞄准了肖禾。我说肖禾你猜我看见什么了？肖禾说看见什么了？我说我看见你胃里的俄国列巴还没消化完呢。还有……还有我不说了。肖禾说净放屁，这又不是X光。我们俩都乐了。我们都不再提望远镜。我说肖禾，望远镜我也看了，现在我可是想领你参观参观这座仓库。肖禾说这儿有什么可看的，我说这儿有秘密，我是想把肖禾调开，我不愿意她也窥测对面，不得已时我就给她讲那些空抽屉。我边说边往外走，肖禾还真傻乎乎地跟了上来。

我领着肖禾楼上楼下乱转,走了好几个房间。当我们又进了一个房间时,肖禾一眼就发现这里全是床。

是的,到处是床,散发着被冷落的寂寥,也散发着勾人欲念的诱惑。而密布着蜘蛛网和灰尘的空间更使这一切宛若战后废墟或者阴湿的巢穴。有时能唤起人欲望的正是这些废墟和巢穴,在废墟和巢穴里人更要以百倍的疯狂来证实自己的生命。就因为站在眼前的是肖禾,我第一次意识到这些布满尘埃的床比抽屉可爱。

肖禾在一张床前站住,我绕到她的背后,低头亲亲她的后脖梗,然后伸手将她拥在怀里,我的胸膛紧贴着她那汗津津的充满弹性的脊背,我想起这姿势分明是从对面那个高个子男人那儿学来的。我不知道为什么我要模仿他的姿态,只感到这模仿的必要。肖禾对我的行为或许有些意外,或许有些不意外。她愣了一下便转过身来用力使我倒向一张床,我又闻见了她大拇指上的唾沫味儿。

我们在床上滚着尘土,事后肖禾对我说,她很后悔把我从北门市逼到了南门市,说现在我不必怕她了,她思路开阔多了,早晚会跟别人结婚。但假如她和我偶然相遇,希望我也别拒绝她,这就够了。我说你看上谁啦?她说她希望能看上这设计院的一位,这样就离我近了。我说真要结婚,还是要慎重的。她说你是谁?你管得着吗?

我是谁呀,她的确也不用我管。她的话倒是卸掉了我多年的重负,我才说些慎重什么的。当我心中不再有负担反而对肖禾产生了一种说不尽的滋味，我们又换了一个房间又换了一张床，肖禾有时哭有时笑。我们又换了一个房间，我把肖禾扒得光光的，我也光光的，也很深入，直到我们变成两个泥猴。我们土鼻子上眼儿的裸体坐在床上，我头一回觉得肖禾有那么点儿可怜，可肖禾却是一副满意相，两只脏奶在胸前翘着，还不时扭扭这儿，弄弄那儿。观察了一会儿这房子，她没头没脑地说：咱俩开旅馆呀。我说在哪儿，她说就在这儿，先给它起个名儿叫"爱神"。我说多难听呀，听上去像妓院。肖禾说何必这么刻薄，要不就叫"路人之家"——过路的谁住都行。我说听上去像收容所。最后肖禾说我没诚意，说她永远也不知道我脑子里在想什么。我说人之常情吧，我说人所以为人，就是具备了这点儿聪明，全人类都一样。肖禾说是啊，可是为什么我想什么你都知道？我说那是你乐意告诉我。肖禾说就算是吧。

她说着，猛一转身把我压在她的身子下边，两条胳膊紧紧箍住我的脖子仿佛要掐死我。我感觉有人进了房间，我看见林林站在床前。她穿着白大褂，双手插在口袋里，满脸通红，竭力想证实眼前是怎么回事。后来她终于弄清了，张了几次嘴，没发出声来，两只拳头在口袋里一鼓一鼓的。奇怪的是我并不尴尬，只一门心思地琢磨为什么她不把拳头从口袋里拿出来。

林林走了。过了一会儿肖禾也走了。我回到自己的房间朝对面望去，觉得对面已被我遗失了一百年。我迫不及待地独自用望远镜向对面巡视,窗内仍然无人,煤气灶很白,灶上有只打火器,打火器上有一行小字:MADE IN JAPAN……

清晨,我等待着对面出现在我的镜头里,我早把模糊已久的玻璃擦亮了一小块。把望远镜顶在玻璃上。我甚至提前刷了牙洗了脸,我愿意让一个干干净净的自己去注视一个新鲜的对面。

她推开门走到阳台上,随便穿了一件大背心,头发有点儿乱。当她猛然间把脸转向我时,她的脸就仿佛一下子贴在了我的脸上,甚至比贴还近。我发现她确实已不年轻,眼角已有了浅显的鱼尾纹。但嘴唇饱满,脖子结实,腮边有一粒黑痣子。她坦然地盯着我就像有意迎接我的瞄准,我心跳了几下就平静下来,因为我发现她并没有看我,她的眼光正穿越了我和我身处的这座仓库,凝视着房后的原野。那里,麦子已经收割,秋庄稼尚未长成,田野一片豁达。她凝视了半天才收回眼光,这时我看见她眼里满是泪水。我第一次发现了她的眼睛的与众不同,眼泪使它们闪烁出一种娇媚的玫瑰色。

她独自对着窗外,就那么默默地流了一会儿泪,不像有什么大不了的悲痛。给人感到这种人即使有大不了的悲痛,她也会不在话下。果然,一切都恢复了正常,在这个时间该做的,她又开始做起来,当她坐下来吃早饭时,一切又是有秩有序。

至于对面的两个男人,我却不愿意用望远镜瞄准他们。起初我想把这解释成不屑于,实际我是不愿意他们的脸在我的视线里呈现出不容置疑的清晰,我讨厌这种清晰就像讨厌他们的存在。这时我已明了我是那样地讨厌他们,若在他俩之间再做选择,我对那矮个儿男人更是充满憎恶。这一高一矮两个男人轮番出现,却没有碰面的时候。我很想弄清他们出现的规律:高个子每星期什么时间来,矮个子每星期什么时间到。这段时间我为搞清他们出现的规律而心神不宁,搞清这件事简直成了我的生活目的。我曾经把某人假定成一、三、五,把某人假定为二、四、六,不对。我又把某人定为一、二、三,把某人定为四、五、六,又不对。我把每周的七天一次次地颠倒排列,一次次地失败。那么他们是无规律的,可无规律就要撞车。有时我觉得我简直成了私家侦探。后来我只搞清了一点,就是高的和矮的谁都不曾在这儿过夜。我想,女人和男人能睡在一起终归是不易的。找到了这个信条,我便从中得到了些许安慰。肖禾散布我和她的"睡觉",也就成了地道的无稽之谈,我真愿意落个:你是谁呀!

谁知我的信条也有被打碎的时候:有一个深夜我被对面惊醒了,惊醒我的是对面的灯光。我从床上爬起来朝窗外望去,原来深更半夜对面阳台上亮起了灯——确切地说,是阳台的厨房里亮着灯。对面正在喝饮料,只穿着一件宽大的男式衬衫,衬衫下摆齐着大腿,给人一种里边什么也没穿的感觉(穿没穿谁知道)。令我不能容忍的是,那矮个子男人就站在她的身边，他也举着一杯饮料不慌不忙地喝着，还一边俯身去亲她的胸脯。对面对他没有激情，但有一种温和的接纳。我感到周身热血沸腾，就仿佛对面和这男人一道欺骗了我。

我开始像憎恶那矮个子男人一样憎恨起对面，心中闪过我能够记住的所有五花八门的道德箴言。从痛打罗欣到现在已经两个多月，我心甘情愿在黑暗中熬着时光，忍受着恶浊的空气，难道就为了欣赏这个女人和两个男人的鬼混么？我从来也没有像此刻这样渴望电灯的光明和洪亮、宽广的声音，假如不是处在深夜我会立刻拔腿出去找总务处要灯泡。找灯泡、把屋子弄亮的念头持续了一夜。

第二天一早我就直奔总务处，在幼儿园门口碰见了林林，她正领着孩子们往外走。我有些不知所措地冲她笑笑，她瞪了我一眼（这是我意料之中的）。但当我快步走过了她和她的孩子们，身后却响起了一片嘹亮的童声："叔——叔——好！"（这是我意料之外的。）

我不得不回过头来答应着孩子们，顺势再冲林林点点头。她又瞪了我一眼，这次不如刚才狠，我感到她有话要说。我迎过来，背对孩子们，她说她有件事想告诉我，说肖禾找过罗欣。原来这家伙到底流窜到了南门市，为什么不去再找找那个哈萨克斯坦人？林林的消息正中我的下怀，而她却当作一枚小炸弹投掷给我，这正是许多天真姑娘的令人心酸之处。显然，我与肖禾的裸体同林林的相遇，反而成了我和林林关系的催化剂，她才用了个激将法，好激起我对肖禾的愤怒。

实际上肖禾赶紧找个主儿比什么都强。

林林紧紧盯住我看我的反应，我只装了满脑瓜子灯泡和流行歌曲的旋律，光明加上音乐已是能叫人神魂颠倒。我用应付的口气对林林说，肖禾有这个自由啊，我不在乎。林林马上追问我究竟在乎什么。这话问到了根本，我想说我最在乎的就是窗外那个阳台，但我却鬼使神差地说我最在乎的是你，可我现在有事，过一个星期咱们约个地方谈谈。

林林却说一个星期可不行，一个月我也不一定和你谈。你在乎我，我就得在乎你？

我说那就算我自作多情吧对不起。林林张张嘴还想说什么，我已经拔腿走远了。

在总务处，我向处长申请两只五百瓦的灯泡。处长问我要那么大的灯泡干什么，我说我是看仓库的，仓库亮点儿防贼。

处长说据他所知那个仓库从来就没进过贼，贼不会惦着一堆破桌椅烂板凳。这么好几十年了，他们只抓过一个附近农村的老头。处长说那时他刚从部队转业，分配在院保卫处。有一次他们绕着院墙巡逻，发现有个老头正用砖头砸墙角上的灯泡。处长说那时候的设计院戒备森严，院墙上隔不远便有个大灯泡。天一黑，灯泡都亮起来。处长说他们冲着老头追过去，问老头为什么砸灯泡。老头说我们村的电不够使，你们这儿的电多，截你们点儿电，正合适，光电线里存的这点儿电也够我们使了。处长说你老人家懂不懂电啊,电根本不是你说的那个道理。老头说你说电是个什么道理?有一回我去钢磨上磨面,出家门时拽拽灯绳灯还亮着,一到钢磨上就停了电。我对磨面的闺女说,停电了不要紧,电线里存的那点儿剩余的电正够磨我这二十斤麦子。那闺女也和你一样,说我不懂电,我怎么不懂?浇地的工夫停了电,垄沟里还能存住一股子水呢,电线里怎么就存不下一点儿电?老头把处长给说乐了,处长说后来他还推荐这个老头做过设计院的传达。

这故事虽有几分幽默,但对我却毫无意义,我又提出领两只五百瓦的灯泡。处长说给你讲了半天老头砸灯泡的事,就是告诉你那个仓库不用防贼,要灯泡照明有个四十瓦的也足够了。

我拿了四十瓦的灯泡,一出楼门就把它摔在台阶上,然后上街专门去买。我在五金商店买了四个五百瓦的灯泡,还买了灯口、电线一大堆。从五金商店出来我又去音像商店买磁带,我在如潮的录音带里扒拉来扒拉去,最后抓阄儿似的闭着眼拿了一盒。这是一盒从前的旧歌,有《阿佤人民唱新歌》,还有《红太阳照边疆》《北京的金山上》什么的。

我带着这堆东西回到仓库回到我的房间,忽然有一种前所未有的激昂之情,像是一台晚会的策划正审视舞台,又好比就要登场的演员在后台酝酿情绪。我接好电线电源,将四个灯泡一溜排开悬在窗口,打开录音机(我有一台燕舞收录机）放进新买的盒带，专心等待深夜那个时间的到来。

一天天过去，我只在白天见那高个子男人来过两次，但来去匆匆，我知道我等待的是那矮个子，也许那矮个子得了个暴病死了，突然死了，这倒也干净利索，解气！我想。但我仍然不敢掉以轻心，不错眼珠地立在窗前空守了好几个黑夜，心中感到气馁又有些安慰。但愿那男人当真不来了吧，但愿我那四个灯泡就此作废！

可是，有一天深夜，当我已经开始犯迷糊时，对面的阳台亮了！透过厨房的玻璃，我看见对面一丝不挂地站在洗碗池前洗桃子。这是我第一次完完整整地看她，她显得更加光芒四射。接着有个男人也进了厨房，正是那个矮个子。他光着上身，只穿一条中式短裤。他打开冰箱拿出一罐可口可乐，坐在高脚凳上悠闲地喝起来。他边喝边欣赏对面，对面也毫不在乎地请他欣赏。他好像又一次被她的美丽所激动，放下饮料就把她拉了过来……

一种邪恶的快感立即传遍我的全身，就像开幕的铃声已响我必须果决地登场。矮老头儿，别他妈怪我不仁不义了！我想着，一个箭步蹿下床，啪的一声拉动了电灯开关，同时把录音机打开。骤然间刺眼的光明直奔对面而去，紧接着"红太阳照边疆，青山绿水披霞光……"响彻夜空。我推开一扇久未开启的窗户蹬上窗台，手中握着望远镜，故作轻松地朝对面望去。我看见那男人沉重的后背凝固了一般僵持在我眼前，我看见我的对面正麻木不仁地和我对视，这是受了极度惊吓后的麻木不仁。我还看见她的嘴角微微牵动着,像在发出无力的抱怨:你是这样年轻,为什么会这样残忍?

啊,正因为我这样年轻,才会这样残忍。

我在极度兴奋中忘记我的演出是怎样结束的。

我再也没有见过对面,阳台一直空着,厨房的门一直紧关着,自那个"光明"的深夜之后她就消失了。

我把窗户关上,拧下所有的灯泡重又过起黑暗的日子。我时常感到我的低下,我的卑鄙,我的丑陋,我的见不得人。我好比是个趁人不备从后面捅人一刀的歹徒,这种歹徒最大的资本就是趁人不备。

又过了些天,对面仍然没有动静。阳台上却出现了一个男人,不是那个高个子,也不是那个矮个子,凭直觉我断定他才是这阳台的主人——他随随便便地站在阳台上煮方便面,面色很难看,白胳膊白腿的。他坐在厨房里吃面,不时停下来发一会儿愣。吃完把碗扔进洗碗池也不刷,洗碗池里已经摞满了脏碗筷。我眼前突然出现了对面一丝不挂地站在洗碗池前洗桃子的样子。

有一天中午林林来了,手里拿着一个报纸包皮。她很拘谨,又竭力装作忘记了从前的不快。我对她说今天她这条连衣裙特别好看,林林显得高兴起来,打开报纸包皮说她最近在学剪裁,给我做了一件圆摆衬衫。我努力做出专注而感激的样子从林林手中接过衬衫,想到有天夜里,对面穿的就是这种圆摆男衬衫。接着出现在我眼前的便是对面的脸。

我愿意相信这是幻觉,但事实上这不是幻觉。对面的脸的确出现在那张皱巴巴的报纸上。我拿起报纸才意识到我已经好几年不看报纸了,我甚至忘记这城市还有这么一张《南门晨报》。我放下衬衫拿起报纸,在报纸的一个角落印着对面的照片,照片下边有一些文字,文字报道了南门市著名游泳教练、市政协常委的逝世,说是因心脏病猝发于某月某日不幸逝世年仅三十九岁。下面还有一些赞扬之词,有文字说她不受金钱、名利之诱惑,安心国内甘当无名英雄,并几次放弃出国与在国外读博士的丈夫团聚……

我推算了一下,某月某日正是那天深夜我大放光明的日子。

林林发现我对着报纸出神,问我,你认识这人?

我说我不认识从来没见过。

我的确不曾认识《南门晨报》所介绍的这个对面,更不知她还有这么一大堆眼花缭乱的事业。我所认识的仅仅是我眼里的那个对面,但我敢说世界上再也没有人比我更认识对面了,再也没有第二个人知道对面的真正死因了。

对面死了,阳台上已换上了那个白胳膊白腿的男人。但我总像有事业未竟:我依旧固执地想着那高个子和矮个子出现的规律。为此我决定作一次"微服私访",我必须亲临对面的空间去发现一些蛛丝马迹。我找了个帆布工具袋背在肩上,里边装了些改锥、钳子之类,扮作水暖工去造访对面的家。

我来到医学院宿舍区，走到最后一排楼进了对面的单元，为我开门的正是吃面的男人，从国外回来奔丧的丈夫吧？他开了门，一脸沮丧地问我找谁。我说你是房主吗？他说是的，我说我是水暖工，例行公事检查下水道。他无可奈何地先把我引进了厨房，便干自己的事去了。我熟悉地（我想我应该是）走进厨房敲敲这儿弄弄那儿，看看墙看看柜，看看我熟悉的一切。当我站在洗碗池前拧动水管时，看见墙上有两行用铅笔书写的数字。字虽特别小，但我凭着感觉还是觉出了它们的存在。第一行是2、5、7，第二行是4。我恍然大悟：2、5、7是属于高个子的，那个4属于矮个子。可对面为什么不把这字记在心里，却写在墙上呢？这或许属于心理学家的研究范围。

我决心用沾了水的手抹掉这些数字，就像要隐匿起对面留在人世的最后的痕迹，隐匿起她的那些不方便，那些"阴暗面"；就像我早就知道这面墙上有几个数字，而我的造访就是专为着消灭它们的。我抹掉那些数字来到阳台上，站在对面经常站的位置上张望着对面——我那肮脏的窗户紧闭着，而陈旧的仓库就好比一个貌似忠厚的阴谋家，无辜的对面曾经一览无余地把自己交给过这个阴谋家。

我从厨房里出来，站在过厅里，发现男主人正在卧室整理东西，像是要出远门。在他眼前的衣物中，也有我所熟悉的那些：一件圆摆衬衫啦，几件女人的小玩意儿啦。我对他说您的厨房真干净我很少看见这么干净的厨房。他说你这是什么意思？说着脸上似有愠色。他的脸色使我发觉我的确说了反话，因为眼前的厨房实在不干净，洗碗池里的碗盘们都长了绿毛。但我的确不是故意，这是我意识中的习惯成自然吧——我曾经无数次站在对面欣赏过这间条理分明、整洁新鲜的厨房，或者说，它实在是有过我对男主人形容的那种时光。我抱歉地冲男主人笑笑告辞了这陌生的房子，我想我与他原本是没有对话基础的，我永远也无法向他陈述我的歉疚，正如同他永远也不可能向我复仇。

我不止一次地反省自己，又不止一次地为自己的行为辩护，说招致对面厄运的只能是对面自己，即使窥测本身就是低下的犯罪行为，可谁让她自己给我提供了窥测的可能呢？那么我究竟是谁呢？当我有意惊吓她时，与其说是要张扬正义不如说是出于私欲，我是什么？我不过是在那一高一矮两个男人后面，对她充满欲望的第三个男人罢了。那个深夜，我采取的那貌似光明的"措施"本身不也是一种假象么。假象如同体面的鸦片迷惑既定的秩序，它操纵着人类的大部分生活，也缓解着生活本身带给人的无尽的压力。

无论如何我摧毁了一个女人最后一个个人的角落，我又庆幸我的确亲眼见过一个女人生活中最真实的片段。她使我领略到人在逃离了人类注视时那份无可比拟的自如的魅力，她在无意中教我学会了欣赏和疼爱生活中那些不为人知的自然。这一切其实是从她的背后而得，虽然她每天与我面对着面。原来人类之间是无法真正面对着面的。

我搬出仓库搬到我该去的地方,第一件事就是找到林林,明确表示我不爱她更没有与她结婚的设想,我让她尽可能把我往最坏处想。她低着头,半天才问了一句:那你到底爱谁呢?这的确是个问题,但我觉得我和林林之间没有探讨这个问题的基础,我说不清她也听不明。也许我从来就没有爱过,也许我根本就不曾具备爱的能力。爱的确是一种能力,我初次体味到这本是一种值得花费心血去郑重寻找的能力。我望着林林的后脖梗,望着她那从白大褂里露出一圈的花衬衫领子,领子已被磨损得露出了发白的经纬,但却出奇地干净,就像整日接受着清水的漂洗和太阳的照耀。一股柔情从我心中油然而生,眼前的林林正好比一株色泽滋润的嫩绿植物,使我相信她应该有自己美好的生活。而生活应该是美好的,生活本身面对着我们就像大自然面对着我们,只有它们能与我们永远平等相待。当我有时被深夜的光亮偶尔惊醒时,会想起那个被我扼杀的女人,一种久违了的让自己变得好一些的愿望,在这时犹如远空的闪电嘹亮地划过我的心胸。

黄昏时分我愿意到墙外的庄稼地去散步,我愿意去呼吸空气里那又苦又甜的菜味儿,看垄沟里的水是怎样悄悄洇湿每一畦青菜。有一次我被一个强悍的农妇截住,她把浇地的铁锹横在腿前高声喝道:"站住,这儿不让过!"我知道她们讨厌我们这些人在菜地里乱走,就顺从地转身撤退,农妇却又从背后喝住了我:"回来!那儿不让过!"我站在那儿开始不知所措了,听着这种吆喝心想难道我又走上了一个阳台?最后农妇终于给我指出一条明路,我冲她点点头感激地向前走去,原野渐渐安静了。我来到一片玉米地前,地边的垄沟上盛开着淡紫色的小喇叭花和金黄色的矢车菊,有两辆自行车并排倒在垄沟边上,一辆男车压着一辆女车。小花青草簇拥着它们,在朦胧的光线里我听见远方有鸟儿啼鸣……

我小心地远离了自行车走上回程,我为之工作的白色楼群宛若一艘即将离港的巨轮正在等待它的乘客。当我穿越田野向它步步逼近时,忽然想起行政处长抓过的那个老头。停电以后电线里剩下多少电才够磨他的麦子呢?人类或许再也不会产生这原始的浪漫了,但被嘲笑的究竟应该是谁呢?

对面一片清明。

第十二夜

第一夜

  七月的这个下午,我开车从 B 城出发到马家峪去。马家峪是 B 城北部山区的一个小村,离 B 城三十公里,开车只要五十分钟。当初老秦向我介绍马家峪的时候,最先强调的便是城乡之间这种理想的距离:不能说近,可又决不太远。你花很短的时间就能由一座城市忽然到达一座地道的山村,这种"忽然"感便让不少久居 B 城的人产生一种莫可名状的亢奋,马家峪因此吸引了包括我在内的一些画家。几个月前,已经有一些我的同行先于我在马家峪买了当地农民的院落,有人还在旧院子里盖起带天窗的新画室。这些院落,多是在山下建了新房的农民丢弃在山上的,马家峪的村民大多已集中在山下开辟了新村。用老秦的话说,农民正一步步挪下山来向城市靠拢,城里人却渴望一步步奔出城去要在山上占领一席之地。也算是当下的一种时髦吧。

　　靠了老秦的鼓动,我去过几次马家峪。每次的落脚点,自然是老秦买下的院子。老秦可说是马家峪新居民中的元老,他告诉我马家峪是他"发现"的,有了他最先在这儿的安营扎寨,才逐渐有了后来的蜂拥而至者。老秦的院子乱糟糟的,窗下的两小畦白萝卜,由于缺水,长得很不舒展。马家峪至今还没有自来水,吃水要到二里地之外的一个小水库去担。不知为什么老秦还非要种上两畦萝卜不可——他又不管它们。顺着东墙,他又盖起一溜临建似的小房,说是客房,专供像我这样的客人居住。老秦的画室兼卧室也是混乱不堪的:地上戳着敞开口的小米口袋,床上堆着碗装康师傅方便面。三间原本裸着黑檩梁的石头房,他把墙刷白,吊了石膏板的顶子,反倒有股子城不城乡不乡的单薄之气。那时老秦的画架上架着一张未完成的大油画,画面是一枚直径为一百八十厘米的一分钱人民币。猛一看这枚"大"钱,我立刻想起小时候常唱的那首著名儿歌:"我在马路边捡到一分钱,把它交到警察叔叔手里边……"再细看,这枚陈旧的、旮旮旯旯沤满汗泥和黑色油垢的硬币其实沉重而又世故,真有点捡它不起的感觉。老秦对我说,就这一分钱,折腾了他两个月,杂事太多，老是静不下心来把它完成。

老秦说的杂事照我看都是他自找。现在他已经成了马家峪买房者与卖房者之间的中人，整天忙于领着人看房、砍价、立字据、按手印什么的。我知道这种交易违反国家政策，农民出卖的是宅基地，而宅基地他们是无权出卖的，买房的人也就无法享受法律的保护。不过这是一个容易起哄的世道，人们都生怕自己被什么好事落下。既然这么多人都在违反政策，我违反一下又有什么不能呢？我决定在马家峪买房，多半也是基于这种心理。何况，老秦给我物色的院子挺合我的心意。那是一个倚坡而建的方方正正的小院，一溜三间北房，年代虽久，但灰、紫两色的石头房基高而坚固，想来隔潮的性能是好的。屋门锁着，不过我并不急于进屋，这一带房屋的格局大同小异。我猜想这屋内的檩梁也定是粗壮乌黑的，我不会像老秦那样吊石膏天花板，黑梁白墙是我想要的风格。院中有两棵笔直的椿树，屋后山坡上是一棵花椒树和几株山杏。站在高高的台阶上向南望去，你面对的是一架线条和缓的绿茸茸的小山。老秦撺掇我说，最重要的是空气，不信你嚼嚼。我品尝着马家峪湿润、清亮的空气，初次觉得好空气的确是可以咀嚼的，特别是站在这个小院里。我决定就要这个院子。由于信息迟于他人，我知道马家峪能供我挑选的院子其实已经不多，这使得我这决定本身也多少带点起哄的味道。我请老秦去打听房主的开价，并嘱咐他越快越好。很快我就见到了房主。房主名叫马老末，是个五十多岁的驼背，烟黄脸，肿眼泡，看人时目光犹豫，主意却很稳。当他看出我真心喜欢这院子时，便耗着时间（约两个月），并把价格一提再提。后来靠了老秦的努力和他在马家峪的好人缘儿，马老末答应一万二卖给我。

七月的这个下午，我便是得到老秦的准信儿，带着钱来马家峪买房的。但是这一日我没有见到马老末，老秦下山去找他，家人说他到B城卖杏儿去了，明天上午才能回来。我本能地对这种说法表示怀疑，老秦安慰我说："沉住气，有我在呢，他不会变卦。"他要我今晚就在马家峪住下，明天上午死等马老末。

这晚我住在了老秦的"客房"里，与我同屋的是老秦的女儿小铭，一个十岁的忽闪着大眼不说话的女孩子，正在这儿过暑假。整整一个晚上我和小铭只说了三句话。她问我："我怎么称呼你？"我说："你应该叫我阿姨。"她说："还是叫女士吧。"

第二夜

吃过早饭，马老末还无踪影，老秦就让我看他的新油画。上回那枚一百八十厘米的"一分钱"据他说已经卖了，卖了六千——老秦在这方面没有虚荣心。我说"一分钱"能卖六千也不错了。新油画是老秦的自画像吧，画面上的老秦正咧着大嘴，没心没肺地冲观众笑。老秦说这张画名叫"傻笑的脸"，一个荷兰人已经预订了。我久久地望着"傻笑的脸"，心里却苦苦地想着马老末的行踪。他越是没有踪影，我想买那院子的心情便越是急切。我甚至向老秦表白，只要今天能办妥此事，我其实还可以在价格上做些让步。

过了中午，过了下午，晚饭前，马老末终于露面了。他抹搭着肿眼泡坐在老秦的床边说，那院子，眼下已经有人出到了一万五……接着他就不往下说了。我和老秦都已听明这是一个要加价的开场白，老秦一边冲我使眼色，一边把马老末叫到院里。两人嘀咕了半天，又一块儿回到屋里，老秦向我宣布了一个新数目——那当然是马老末和我都能接受的一个新数目：一万三千块。我心里已经认了这个数，但还是假装迟疑了一下。然后，一万三千块，我买下了马老末的院子。照例是由老秦拟定房契，我们三方分别在房契上签字盖章。我收起房契，马老末点清我付给他的钱。当他把钱装进一只粗布小面口袋时，他说还有个事儿，他说他的大姑眼下还在那院里住着。不过老太太七十好几，一直病着，已经活不了多大工夫了，她一死，我立刻就能搬进去。

这是我闻所未闻的一件事，老秦也表示了他的惊异。他对马老末说当初可没谈过这一条，当初他提到那院里好像住着个病老太太时，马老末分明答应只要房一卖，他会立刻把他的病大姑接下山去。马老末没有正面否认他答应过老秦，不过他又说，也许老太太明天就死了呢，也许就在今儿晚上。"今儿早起我家里给她去送饭，见头天的饭菜她一口也没吃。"我对马老末说，钱我付了，那院子就已经归我，无论如何你们得立刻把老太太接走。是啊是啊。老秦也附和着。马老末苦笑着说，不是他不接大姑，是大姑她不离开那院子。他看了看老秦,又看了看我,说:"要不你们跟着我过去看看?"他那神情是带有鼓动性的,像是说,看看你们就知道我说的不是瞎话——她没几天活头儿了。

这一切都叫人恼火。马老末急着要钱,我急着要房,这就意味着,我们都得盼望那大姑快死。回想刚才马老末鼓动我们去看看的那份神情,就好像此时此刻她说不定已经在那小院里死去。于是,怀着一种既焦虑、又残忍的愿望,我和老秦跟着马老末前往我的院子(的确它应该独属于我了)探察。

我的院子与老秦的院子相隔不远,五六十米吧。在黑暗中,我们沿碎石小路深一脚浅一脚地摸进院,走上那几级高高的台阶。马老末掏出钥匙打开门锁,自己先进屋开了灯,才把我们让进屋去。屋是一明两暗的格局,但四壁空空,给人感觉房主为了卖房,已搬走所有能用的家什。马老末带我们进了东屋,向炕上指了指。借着十五瓦的灯泡,我最先看见的是垂悬在炕沿的一挂白发,二尺来长吧。顺着白发向上看,才见炕上团着一堆破捰布样的东西,想必那便是大姑了。我没有找到她的脸,没有看见她的蠕动,也没有听见她的声息。马老末熟练地把手放在深埋在那团"捰布"里的某个部位试了试说,唔,还活着。

我又住进了马家峪,这一夜睡得很踏实。因为房子终于到手了,而那大姑也确是垂死之人。

我和老秦的女儿小铭照旧没有什么话说。当我脱掉衣服躺上床时,她忽然告诉我:"女士,你的奶长得好看。"这话出自一个十岁的女孩子之口,不免让人有种惊惧的感觉。我不理她,一心想着我要珍惜我的才情我的时光,躲开所有的喧嚣,在马家峪我的新院子里画些好画。

第三夜

早饭之后，老秦开始忙他那张"傻笑的脸"，我身不由己地又走进了我的院子。我拿着速写本铅笔什么的，站在院里为两棵椿树画了张速写，心中却想着东屋那大姑，她还活着么？不知为什么，面对已然归我所有的院子，我仍然理直气壮不起来。这时我才明白，我所以留在马家峪不走，是在专候那大姑的死讯。她一日不死，我便无法成为这院子真正的主人。而我手中的速写本之类不过是遮掩我这念头的一个幌子。我在院里转了一圈，才犹豫着上了台阶进了屋。自从昨天我和马老末成交后,他便不再为屋门上锁了。我进了东屋,我看见了令我不解的景象:炕上,昨晚那一团破捆布样的大姑坐了起来,正佝偻着身子梳她那头雪白的乱发。她那皱纹深刻的脸由于常年不见阳光,泛着一层青白;但她的五官轮廓分明,年轻时也许是个美人儿。她凝视着站在门口的我,又似乎对我视而不见。她就那么一直抚弄着头发,直到三挽两挽把乱发在脑后挽成了一个纂儿。就像她对我视而不见一样,我也不打算跟她说话。我快速离开大姑回到老秦那儿,把我的疑惑讲给他。老秦说,不能吧,马老末那个大姑,听他说躺了好几年,早就坐不起来了。我说可是刚才我分明看见她在炕上坐着。

老秦就扔下画笔随我一起去看大姑。进院时我们稍显那么点蹑手蹑脚,我们都觉出我们内心的不太光明,但我们还是进了屋。那坐在炕上的真的是大姑,老秦证明。

晚上,老秦下山把马老末找来(这个白天马老末确实去B城卖杏儿了),有些气急败坏地质问他说,你那个大姑不是瘫了好几年么,怎么又坐起来了?马老末立即说,那就是快了,临死之前的回光返照。

或许这"回光返照"又鼓舞了我,我决意听信马老末的解释,在马家峪住下去。

第四夜

今天上午,我走进我的院子时,见屋门口的台阶上赫然地坐着大姑。她这种坐相儿实在叫人没有防备,她是怎么从炕上挪到了门口呢?她穿一件月白色夹袄(也不知打哪儿翻出来的),粗布黑裤,梳着纂儿,也洗了脸(从哪儿弄的水)。我不想说这景象令我不快,但至少我心中涌起一股子失望。我探询地望着大姑,大姑紧紧地盯着我。我相信那一刻我们看明了彼此眼里的意思:我是来窥测她的死亡的,她却又活了过来;我断定她即将离世,她却活得比我以为的要起劲儿得多。我的眼光有点躲闪,她的眼光深藏着挑衅。我为她用眼光戳穿了我的内心感到窘迫,我多么愿意相信这是她的回光返照啊,可难道这也算回光返照?听人说那种气象不过是短短的一瞬。

晚上在老秦的画室里聊天,和马家峪几个时髦的男女青年,老秦的追随者吧。有两位走乡串镇画影壁挣了点钱,现在决心抛弃影壁向艺术进军。我向他们打听大姑的身世,由他们口中,我断断续续知道了大姑的一些往事。

大姑是当年马家峪惟一没有嫁出去的闺女。大姑做闺女那会儿,是马家峪的人尖子。有个青年告诉我,听他奶奶讲,马家峪有正月十五打秋千的风俗,那打秋千的又都是清一色的闺女媳妇。那是女孩子们一年中最显赫的特权,也是她们快乐的极致。男人们把秋千架在麦场上,全村老幼都来参观。大姑打秋千远近闻名,她身子轻巧,也胆大,打成"平梁"都不知害怕。她穿着大红袄在空中荡来荡去,仿佛要把自己抛到天上融入云端。她笑着,秋千下的女孩子们尖叫着,至今村中有的老人都还记得当年穿红袄的大姑在秋千上的风采。县里有个基督教堂,马家峪不少村民信了教,大姑和几个姐妹也随着去信教(给人觉得有点像今天我们这伙人抢着来买房)。有一回做礼拜时,大姑认识了从北京来的一个青年,给教堂修管风琴的师傅,两人便偷着好了。村人对此备感奇特。不过也有人说,以大姑当年的姿色,即使混在布衣教徒里,也足能引起那北京青年的注意。可是那年轻人,修管风琴的师傅,终归还是回了北京。大姑怀了他的孩子,也坏了名声。孩子生下三天就死了,大姑却为那个修琴的人死守了一辈子忠贞。后来,抗日了,村妇救会号召妇女们给八路军做军鞋,大姑做的鞋又结实又好看,纳的底子是清一色吉祥的"卍"字花型。到了交鞋的时候,大姑也怀抱鞋包袱兴冲冲地去交军鞋,村妇救会主任举着大姑的鞋对在场的妇女们说:"咱们能让前方的战士穿'破鞋'做的鞋吗?咱们不能啊!"于是,新鞋被扔回到大姑怀里,从此她再也没有开口说过一句话。她在娘家度过了一生,她本是那院子真正的房主。

我很想继续在马家峪住下去,一时说不准自己的心绪,似乎已不仅仅是为了等待大姑的死期。但是家里来电话告诉我,单位正在评职称,我申报的是国家二级美术师,需要回去进行答辩。几天的时间,单位、职称、美术师、答辩之类的词汇似乎已离我很远,但一经提醒,我便立刻又自如地进入了B城的"情况儿"。在这方面我并不超脱,我需要乡间的院落,也需要世俗的职称。

第十夜

今晚我重返马家峪，又住在了老秦的客房里。房契在我手中已经十天，一切却仿佛全无着落。小铭见了我还是不冷不热的样子，说："女士，昨天我梦见你裸体开车。"我无心搭理她的古怪，只忙着从车上卸下我给老秦带的啤酒、矿泉水和软包装香肠、火腿什么的。老秦一边拉开一罐啤酒猛喝，一边迫不及待地对我说："哎，纳底子哪。"

原来，自从我走后，那大姑就开始坐在屋门口纳底子了。老秦自觉接替了我的身份，每日必去我的小院走一遭，侦探似的。老秦是怀着对我的歉意去"侦察"大姑的，大姑坐在门口纳底子的新动向又带给了他新的不安。

马老末不知何时又出现了，他手中拎个包袱，摊在老秦的桌上，他指着包袱对我说，大姑的"装裹"他们都备好了，她今天能纳底子，不见得就能活过明天。他想用这确凿的"装裹"向我证明，他决不是想收了我的钱，又赖着不腾房。

第十一夜

早晨,我要老秦和我一起到我的院里去,小铭也沉默地跟在我们身后。

这是一个阳光明媚的日子,清凉的空气使头顶的绿树更绿,脚下的红土更红,错落在坡上的石头房子更亮。我们进院时,发现院子竟然被清扫过:略微潮湿的土地上印着有规则的花纹般的扫帚印儿,使这久久无人经营的小院充溢着人气。大姑果然正坐在门口纳底子,她穿着月白色夹袄黑粗布裤,脑后梳着白花花的纂儿,青白的脸上竟泛起淡红的光晕。

她分明知道我们三个人进了院，可她头也不抬，半眯着眼，只一心盯住手中的鞋底，似乎人数的众多反倒昂扬了她劳作的意气。她有条不紊地使着锥子和针，从容有力地扯动着淡黄的细麻绳。我认出了鞋底上那吉祥的"卍"字花型。她一刻不停地挥动着胳膊，一阵阵青花椒的香气从后坡上飘来，是风吹来的香气，又仿佛是被大姑的手势招引而来。那是已经属于了我的花椒树啊，它当真还能属于我么？

我站在台阶下，望着"呲呲"抽动着麻绳的舞蹈一般的大姑，忽然有种甘拜下风之感。

回到老秦院里，我作出了一个决定，我决定退掉大姑的院子。老秦说，你就不能再等等？我说，这不是等不等的事。老秦说，再从马老末手里找回那一万三千块钱怕不太容易。我说咱们试试。

第十二夜

  和马老末谈话是艰难的，不要他的院子似乎不可思议；请他把钱退给我，那更是天方夜谭。从下午到晚上，事情没有结果。老秦为了帮我退房，比当初帮我买房付出了更多的精力。他请马老末吃晚饭，请他喝啤酒吃香肠，还送了条云烟。马老末就是一句话："我真闹不清你们这是为什么，那么好一个院子。"我的态度也很坚决，我坚持退房并要回我的一万三。马老末说，钱他是一分也拿不出来，给他一个远房侄子拿走投资开铁矿去了。我说那么我就要考虑诉诸法律，马老末说那你就上法院告我去吧。说完他站起来，摇摇晃晃地下山去了。

老秦说，你还是要了那院子，你知道法律不保护咱们这种交易，你去哪儿告马老末呢。我说我决不再要大姑的院子，并且我一定要亲口告诉她。我说着拔腿就走，老秦跟了上来。

大姑的院子里，东屋亮着昏暗的灯光。她佝偻着身子坐在炕上，还在低头纳底子。她有条不紊地使锥子使针，从容有力地扯动着细麻绳，伴着"噘噘"的抽线声，她抡动着胳膊舞蹈一般。一切都和上午一样，她只是挪了个坐的地方。我站在屋门口，老秦站在我的身后。我说，嗯，您能听懂我的话吧？我说，这院子我不买了，嗯，不买了。我说，我愿意让您硬硬朗朗的。我说，您的花椒树可真好，山杏儿也好，嗯。

我不指望大姑开口。我知道几十年来她从不开口。可她却抬起了头。她看着我，那眼神里有诧异和失望，或许还有几分没有着落的惆怅。好比一个铆足了劲上阵来的拳击者，却遇到了对手的临阵逃脱。

当大姑收回眼光又低头纳起底子时，我和老秦就出了屋。走到院里我听到身后一个轻微的响动，是东屋炕上的响动。我们反身回去，见大姑已经倒在炕上。老秦伸手在她鼻下试试，说，死了。

次日我开车返回B城，老秦让我把小铭捎回城去。我们一路无话。快进城时,她冷不丁问了一句:"女士,你见过管风琴么?"

至今我也没能从马老末手里追回我那一万三千块钱,听老秦说,马老末已开始背着老秦,四处物色买房的人了。

永远有多远

你在北京的胡同里住过吧？你曾经是北京胡同里的一个孩子吧？胡同里那群快乐的、多话的、有点儿缺心少肺的女孩子你还记得吧？

我在北京的胡同里住过，我曾经是北京胡同里的一个孩子。胡同里那群快乐的、多话的、有点儿缺心少肺的女孩子我一直记着。我常常觉得，要是没了她们，胡同还能叫胡同么？北京还能叫北京么？我这么说话会惹你不高兴——什么什么？你准说。是啊，如今的北京已不再是从前，她不再那么既矜持又恬淡、既清高又随和了。她学会了拥抱,热热闹闹、亦真亦假的拥抱,她怀里生活着多少北京之外的人啊。胡同里那些带点儿咬舌音的、嘎嘣利落脆的贫北京话也早就不受待见了——从前的那些女孩子,她们就是说着这样的一口贫北京话出没在胡同里的。她们头发干净,衣着简朴(却不寒酸),神情大方,小心眼儿不多,叫人觉得随时都可能受骗。二十多年过去了,每当我来到北京,在任何地方看见少女,总会认定她们全是从前胡同里的那些孩子。北京若是一片树叶,胡同便是这树叶上蜿蜒密布的叶脉。要是你在阳光下观察这树叶,会发现它是那么晶莹透亮,因为那些女孩子就在叶脉里穿行,她们是一座城市的汁液。胡同为北京城输送着她们,她们使北京这座精神的城市肌理清明,面庞润泽,充满着温暖而可靠的肉感。她们也使我永远地成为北京一名忠实的观众,即使再过一百年。

当我离开北京,长大成人,在B城安居乐业之后,每年都有一些机会回到北京。我在这座城市里拜访一些给孩子写书的作家,为我的儿童出版社搜寻一些有趣的书稿,也和我的亲人们约会,其中与我见面最多的是我的表妹白大省(音xǐng)。白大省经常告诉我一些她自己的事,让我帮她拿主意,最后又总是推翻我的主意。她在有些方面显得不可救药,可我们还是经常见面,谁让我是她表姐呢。

现在,这个六月的下午,我坐在出租车上,窗外是迷蒙的小雨。我和白大省约好在王府井的世都百货公司见面,那儿离她的凯伦饭店不远。她大学毕业后就分配在四星级的凯伦，在那儿当过工会干事，后来又到销售部做经理。有一回我对她说，你不错呀刚到销售部就当领导。她叹了口气说哪儿呀，我们销售部所有的人都是经理，销售部主任才是领导呢，主任。我明白了，不过这种头衔印在名片上还是挺唬人的：白大省，凯伦饭店销售部经理。

出租车行至灯市西口就走不动了，前方堵车呢。我想我不如就在这儿下来吧，世都已经不远。我下了车，雨大了，我发现我正站在一个胡同口，在我的脚下有两级青石台阶；顺着台阶向上看，上方是一个老旧的灰瓦屋檐。屋檐下边原是有门的，现在门已被青砖砌死，就像一个人冲你背过了脸。我迈上台阶站在屋檐下，避雨似的。也许避雨并不重要，我只是愿意在这儿站会儿。踩在这样的台阶上，我比任何时候都更清楚我回到了北京，就是脚下这两级边缘破损的青石台阶，就是身后这朝我背过脸去的陌生的门口，就是头上这老旧却并不拮据的屋檐使我认出了北京，站稳了北京，并深知我此刻的方位。世都、天伦王朝、新东安市场、老福爷、雷蒙……它们谁也不能让我知道我就在北京，它们谁也不如这隐匿在胡同口的两级旧台阶能勾起我如此细碎、明晰的记忆——比如对凉的感觉。

从前，二十多年前那些夏日的午后，我和我的表妹白大省经常奉我们姥姥的吩咐，拎着保温瓶去胡同南口的小铺买冰镇汽水。我们的胡同叫驸马胡同，胡同北口有一个副食店，店内卖糕点罐头、油盐酱醋、生熟肉豆制品、牛羊肉鲜带鱼。店门外卖蔬菜，蔬菜被售货员摆在淡黄色竹板拼成的货架上，夜里菜也那么摆着不怕被人偷去。干吗要偷呢？难道有人急着在夜里吃菜么？需要菜，天一亮副食店开了门，你买就是了。胡同南口就有我说的那个小铺。如果去北口副食店，我们一律简称"北口"；要是去南口小铺，我们一律简称"南口"。

"南口"其实是一个小酒馆，台阶高高的，有四五级吧，让我常常觉得，如果你需要登这么多级台阶去买东西，你买的东西定是珍贵的。南口不卖油盐酱醋，它卖酒、小肚、花生米和猪头肉，夏天也兼卖雪糕、冰棍儿和汽水。店内设着两张小圆桌，铺着硬挺的、脆得像干粉皮一样的塑料台布的桌旁，永远坐着一两位就着花生米或小肚喝酒的老头儿。我觉得我喜欢小肚这种肉食就是从南口开始的。你知道小肚什么时候最香吗？就是售货员将它摆上案板，操刀将它破开切成薄片的那一瞬间。快刀和小肚的摩擦使它的清香"噗"地迸射出来，将整间酒馆弥漫。那时我站在柜台前深深吸着气，我坚信这是世界上最好闻的一种肉。直到售货员问我们要买什么时，我才回过神儿来。"给我们拿汽水！"这是当年北京孩子买东西的开场白，不说"我要买……"而说"给我们拿……""给我们拿汽水！""冰镇的还是不冰镇的？""给我们拿冰镇的，冰镇杨梅汽水！"我和白大省一块儿说，并递上我们的保温瓶。我已从小肚的香气中回过神儿来了，此时此刻和小肚的香气相比,我显然更渴望冰凉甘甜的杨梅汽水。在切小肚的柜台旁边有一只白色冰柜,一只盛着真冰的柜。当售货员掀开冰柜盖子的一刹那,我们及时地奔到了冰柜跟前。嗬,团团白雾样的冷气冒出来,犹如小拳头一般打在我们的脸上痛快无比,冰柜里有大块大块的白冰,一瓶瓶红色杨梅汽水就东倒西歪地埋在冰堆里。售货员把保温瓶灌满汽水,我和白大省一出小酒馆,一走下酒馆的台阶——那几级青石台阶,就迫不及待地拧开保温瓶的盖子。通常是我先喝第一口,虽然我是白大省的表姐。以后你会发现,白大省这个人几乎在谦让所有的人,不论是她的长辈还是她的表姐。这样,我毫不客气地先喝了第一口,那冰镇的杨梅汽水,我完全不记得汽水是怎样流入我的口中在我的舌面上滚过再滑入我的食道进入我的胃,我只记得冰镇汽水使我的头皮骤然发紧,一万根钢针在猛刺我的太阳穴,我的下眼眶给冻得一阵阵发热,生疼生疼。啊,这就是凉,这就叫冰镇。没有冰箱的时代人们知道什么是冰凉,冰箱来了,冰凉就失踪了。冰箱从来就没有制造出过刻骨的、针扎般的冰凉给我们。白大省紧接着也猛喝一大口,我看见她打了一个冷战,她的胖乎乎的胳膊上起了一层鸡皮疙瘩。她有点儿喘不过气似的对我说,她好像撒了一点儿尿出来!我哈哈笑着从白大省手中夺过保温瓶又喝了一大口,一万根钢针又刺向我的太阳穴,我的眼眶生疼生疼,人就顿时精神起来。我冲白大省一歪头,她跟着我在僻静的胡同里一溜小跑。我们的脚步惊醒了屋顶上的一只黄猫，是九号院的女猫妞妞，常串着房顶去找我们家的男猫小熊的。我们在地上跑着，妞妞在房顶上追着我们跑。妞妞呀，你喝过冰镇汽水么？哼，一辈子你也喝不着。我们跑着，转眼就进了家门。啊，这就是凉，这就叫冰镇。

白大省从来也没有抱怨过在路上我比她喝汽水喝得多，为什么我从来也不知道让着她呢？还记得有一次为了看电影《西哈努克访问中国》，我和白大省都要洗头，水烧开了，我抢先洗，用蛋黄洗发膏。那是一种从颜色到形状都和蛋黄一样的洗发膏，八分钱一袋，有一股柠檬香味。我占住洗脸盆，没完没了地又冲又洗，到白大省洗时，电影都快开演了。姥姥催她，洗好头发的我也煞有介事地催她，好像她洗头原本就是一个无理的举动。结果她来不及冲净头发就和我们一道看电影去了。我走在她后边，清楚地看到她后脑勺的一绺头发上，还挂着一块黄豆大的蛋黄洗发膏呢。她一点儿也不知道，一路晃着头，想让风快点儿把头发弄干。我心里知道白大省后脑勺上的洗发膏是我的错误，二十多年过去，我总觉得那块蛋黄洗发膏一直在她后脑勺上沾着。我很想把这件往事告诉她，但白大省是这样一种人：她会怎么也弄不明白这件事你有什么可对她不起的，她会扫你要道歉的兴。所以你还是闭嘴吧，让白大省还是白大省。

我就这样站在灯市西口的一条胡同里，站在一个废弃的屋檐下想着冰镇汽水和蛋黄洗发膏，直到雨渐渐停了，我也该就此打住，到世都去。

我在世都二楼的咖啡厅等待白大省。我喜欢世都的咖啡厅。临窗的咖啡座，通透的落地玻璃使你仿佛飘浮在空中，使你生出转瞬即逝的那么一种虚假的优越感。你似乎视野开阔，可以扬起下颌看远处夕阳照耀下的玻璃幕墙和花岗岩组合的超现实主义般的建筑，也可以压着眼皮看窗外那些出入世都的人流在脚下静静地淌。我的表妹白大省早晚也会出现在这样的人流里。

现在离约定时间还早，我有足够的时间在这儿稳坐。喝完咖啡我还可以去二楼女装部和四楼的家庭用品部转转，我尤其喜欢各种尺寸和不同花色的毛巾、浴巾，一旦站在这些物质跟前，便常有不能自拔之感。我要了一份西班牙大碗，这厚墩墩的大陶杯一端起来就显得比卡布奇诺之类更过瘾。我喝着西班牙大碗，有一搭无一搭地看身边过往的逛世都的人，想起白大省告诉过我，她看什么东西都喜欢看侧面，比如一座楼，比如一辆汽车、一双鞋、一只闹钟，当然也包括人，一个男人或一个女人。白大省的这个习惯有点儿让我心里发笑，因为这使她显得与众不同。其实她有什么与众不同呢，她最大的与众不同就是永远空怀着一腔过时的热情，迷恋她喜欢的男性，却总是失恋。从小她就是一个相貌平平的乖孩子，脾气随和得要死。用九号院赵奶奶的话说，这孩子仁义着哪。

1

白大省在七十年代初期,当她七八岁的时候,就被胡同里的老人评价为"仁义"。在七十年代初期,这其实是一个陌生的、有点儿可疑的词,一个陈腐的、散发着被雨水洇黄的顶棚和老樟木箱子气息的词,一个不宜公开传播的词,一个激发不起我太多兴奋和感受力的词,它完全不像另外一些词汇给我的印象深刻。有一次我们去赵奶奶家串门,我读了她的孙女、一个沉默寡言的初中生的日记。当时她的日记就放在一个黑漆弓腿茶几上,仿佛欢迎人看似的。她在日记中有这样几句话:"虽然我的家庭出身不好,但我的革命意志不能消沉……"是的,就是那"消沉"二字震撼了我,在我还根本不懂消沉是什么意思时,我就断定这是一个奇妙不凡的词,没有相当的学问,又怎能把这样的词运用在自己的日记里呢。我是如此珍视这个我并不理解的词,珍视到不敢去问大人它的含义。我要将它深埋在心,让时光帮助我靠近它明白它。白大省仁义,就让她仁义去吧。

白大省也确实是仁义的。她上小学一年级的时候,就曾经把昏倒在公厕里的赵奶奶背回过家(确切地说,应该是搀扶)。小学二年级,她就担负起每日给姥姥倒便盆的责任了。我们的姥姥不能用公厕的蹲坑,她每天坐在屋里出恭。我们的父母当时也都不在北京,那几年我们与姥姥相依为命。白大省小学三年级的时候,中国很多城市都在放映一部名叫《卖花姑娘》的朝鲜电影,这部电影使每一座电影院都在抽泣。我和白大省看《卖花姑娘》时也哭了,只是我不如她哭得那么专注。因为我前排的一个大人一边哭,一边痛苦地用自己的脊梁猛打椅子背,一副歇斯底里的样子。他弄出的响动很大,可是没有人抱怨他,因为所有的人都在忙着自己的哭。我左边那个大人,他两眼一眨不眨地盯着银幕,任凭泪水哗哗地洗着脸,一条清鼻涕拖了一尺长他也不擦。我的右边就是白大省,她好像让哭给呛着了,一个劲儿打嗝儿。就是从看《卖花姑娘》开始,我才发现我的表妹有这么一个爱打嗝儿的毛病。单听她打嗝儿的声音,简直就像一个游手好闲的老爷们儿。特别是当她在冬天吃了被我们称为"心里美"的萝卜之后,她打的那些嗝儿呀,粗声大气的,又臭又畅快。"老爷们儿"这个比喻使我感到难过,因为白大省不是一个老爷们儿,她也不游手好闲。可是,就在《卖花姑娘》放映之后,白大省的同学开始管她叫"白地主"了,只因为她姓白,和《卖花姑娘》里那个凶狠的地主一个姓。有时候一些男生在胡同里看见白大省,会故意大声地说:"白地主过来喽,白地主过来喽!"

这绰号让白大省十分自卑,这自卑几乎将她的精神压垮。胡同里经常游走着一些灰色的大人,那是一些被管制的"四类分子"。他们擦着墙根儿扫街,哈着腰扫厕所。自从看过《卖花姑娘》,白大省每次在胡同里碰见这些人,都故意昂头挺胸地走过,仿佛在告诉所有的人:我不是白地主,我和他们不一样!她还老是问我:哎,除了和白地主一个姓,你说我还有哪儿像地主啊?白大省哪儿也不像地主,不过她也从未被人比喻成出色的人物,比如《卖花姑娘》里的花妮,那个善良美丽的少女。我相信电影《卖花姑娘》曾使许多年轻的女观众产生幻想,幻想着自己与花妮相像。这里有对善良、正义的追求,也有使自己成为美女的渴望。当我看完一部阿尔巴尼亚影片《宁死不屈》之后,我曾幻想我和影片中那个宁死不屈的女游击队员米拉长得一样,我唯一的根据是米拉被捕时身穿一件小格子衬衣,而我也有一件蓝白小格衬衣。我幻想着我就是米拉,并渴望我的同学里有人站出来说我长得像米拉。在那些日子里我天天穿那件小方格衬衣，矫揉造作地陶醉着自己。我还记住了那电影里的一句台词，纳粹军官审问米拉的女领导、那个唇边有个大黑痦子的游击队长时，递给她一杯水，她拒绝并冷笑着说："谢谢啦，法西斯的人道主义我了解！"我觉得这真是一句了不起的台词，那么高傲，那么一句顶一万句。我开始对着镜子学习冷笑，并经常引逗白大省与我配合。我让她给我倒一杯水来，当她把水杯端到我眼前时，我就冷笑着说："谢谢啦，法西斯的人道主义我了解！"

白大省哧哧地笑着，评论说"特像特像"。她欣赏我的表演，一点儿也没有因无意之中她变成了"法西斯"就生我的气，虽然那时她头上还顶着"白地主"的"恶名"。她对我几乎有一种天然生成的服从感，即使在我把她当成"法西斯"的时刻她也不跟我翻脸。"法西斯"和"白地主"应当是相差不远的，可是白大省不恼我。为此我常做些暗想：因为她被男生称作了"白地主"，日久天长她简直就觉得自己已经是个地主了吧？地主难道不该服从人民么？那时的我就是白大省的"人民"。并且我比她长得好看，也不像她那么笨。姥姥就经常骂白大省笨：剥不干净蒜，反倒把蒜汁沤进自己指甲缝里哼哼唧唧地哭；明明举着苍蝇拍子却永远也打不死苍蝇；还有，丢钱丢油票。那时候吃食用油是要凭油票购买的，每人每月才半斤花生油。丢了油票就要买议价油，议价花生油一块五毛钱一斤，比平价油贵一倍。有一次白大省去北口买花生油，还没进店门就把油票和钱都丢了。姥姥骂了她一天神不守舍，"笨，就更得学着精神集中，你怎么反倒比别人更神不守舍呢你！"姥姥说。

在我看来，其实神不守舍和精神集中是一码事。为什么白大省会丢钱和油票呢，因为九号院赵奶奶家来了一位赵叔叔。那阵子白大省的精神都集中在赵叔叔身上了，所以她也就神不守舍起来。这位姓赵的青年，是赵奶奶的侄子，外省一家歌舞团的舞蹈演员，在他们歌舞团上演的舞剧《白毛女》里饰演大春的。他脖颈上长了一个小瘤子，来北京做手术，就住在了赵奶奶家。"大春"是这胡同里前所未有的美男子，二十来岁吧，有一头自然弯曲的卷发，乌眉大眼，嘴唇饱满，身材瘦削却不显单薄。他穿一身没有领章和帽徽的军便服，那本是"样板团"才有资格配置的服装。他不系风纪扣，领口露出白得耀眼的衬衫，洋溢着一种让人亲近的散漫之气。女人不能不为之倾倒，可与他见面最多的，还是我们这些尚不能被称作女人的小女孩。那时候女人都到哪儿去了呢？女人实在不像我们，只知道整日聚在赵奶奶的院子里，围绕着"大春"疯闹。那"大春"对我们也有着足够的耐心，他教我们跳舞，排演《白毛女》里大春将喜儿救出山洞那场戏。他在院子正中摆上一张方桌，桌旁靠一只略矮的杌凳，杌凳旁边再摆一只更矮的小板凳，这样，山洞里的三层台阶就形成了。这场戏的高潮是大春手拉喜儿，引她一步高似一步地走完三层"台阶"，走到"洞口"，使喜儿见到了洞口的阳光，惊喜之中，二人挺胸踢腿，做一美好造型。这是一个激动人心的设计，这是一个激动人心的场面，是我们心中的美梦。胡同里很多女孩子都渴望着当一回此情此景中的喜儿，洞口的阳光对我们是不重要的，重要的在于我们将与这卷发的"大春"一道迎接那阳光，我们将与他手拉着手。我们躁动不安地坐在院中的小板凳上等待着轮到我们的时刻，彼此妒忌着又互相鼓励着。这位"大春"，他对我们不偏不倚，他邀请我们每人至少都当过一次喜儿。唯有白大省，唯有她拒绝与"大春"合作，虽然她去九号院的次数比谁都多。

　　为了每天晚饭后能够尽快到九号院去，白大省几次差点儿和姥姥发火。因为每天这时候，正是姥姥出恭的时刻。白大省必得为姥姥倒完便盆才能出去。而这时，九号院里《白毛女》的"布景"已经搭好了。啊，这真是一个折磨人的时刻，姥姥的屎拉得是如此漫长，她抽着烟坐在那儿，有时候还戴着花镜读大三十二开本的《毛主席语录》。这使她显得是那么残忍，为什么她一点儿也不理会白大省的心呢？站在一边的我，一边庆幸着倒便盆的任务不属于我，又同情着我的表妹白大省。"我可先走了"——每当我对白大省说出这句话，白大省便开始低声下气而又勇气非常地央求姥姥："您拉完了吗？您能不能拉快点儿？"她隔着门帘冲着里屋说。她的央求注定要起反作用，就因为她是白大省，白大省应当是仁义的。果然门帘里姥姥就发了话，她说这孩子今天是怎么啦，有这么跟大人说话的吗，怎么养你这么个白眼儿狼啊，拉屎都不得消停……

白大省只好坐在外屋静等着姥姥,而姥姥仿佛就为了惩罚白大省,她会加倍延长那出恭的时间。那时我早就一溜烟似的跑进了九号院,我内疚着我的不够仗义,又盼望着白大省早点儿过来。白大省总会到来的,她永远坐在一个不起眼的角落,虽然她是那么盼望"大春"会注意到她。只有我知道她这盼望是多么强烈。有一天她对我说,赵叔叔不是北京户口,手术做完了他就该走了吧?我说是啊,很可惜。这时白大省眼神发直,死盯着我,却又像根本没看见我。我碰碰她的手说,哎哎,你怎么啦?她的手竟是冰凉的,使我想起了冰镇杨梅汽水,她的手就像刚从冰柜里捞出来的。那年她才十岁,她的手的温度,实在不该是一个十岁孩子的手的温度,那是一种不能自已的激情吧,那是一种无以言说的热望。此时此刻我望着坐在角落里的白大省,突然很想让"大春"注意一下我的表妹。我大声说,赵叔叔,白大省还没演过喜儿呢,白大省应该演一次喜儿!赵叔叔——那卷发的"大春"就向白大省走来。他是那么友好那么开朗,他向她伸出了一只手,他在邀请她。白大省却一叠声地拒绝着,她小声地嘟囔:"我不,我不行,我不会,我不演,我不当,我就是不行……"这个一向随和的人,在这时却表现出了让人诧异的不大随和。她摇着头,咬着嘴唇,把双手背到身后。她的拒绝让我意外,我不明白她是怎么了,为什么她会拒绝这久已盼望的时刻。我最知道她的盼望,因为我摸过她的冰凉的手。

我想她一定是不好意思了,于是我鼓动似的大声说你行你就行,其他几个女孩子也附和着我。我们似乎在共同鼓励这懦弱的白大省,又共同怜悯这不如我们的白大省。"大春"仍然向白大省伸着手,这反而使白大省有点儿要恼的意思,她开始大声拒绝,并向后缩着身子。她的脑门沁出了汗,她的脸上是一种孤立无援的顽强。她僵硬地向后仰着身子,像要用这种姿态证明打死也不服从的决心。这时"大春"将另一只手也伸了出来,他双臂伸向白大省,分明是要将她从小板凳上抱起来,分明是要用抱起她来鼓励她上场。我们都看见了赵叔叔这个姿态,这是多么不同凡响的一个姿态,白大省啊你还没有傻到要拒绝这样一个姿态的程度吧。白大省果然不再大声说"不"了,因为她什么也说不出来了,"咕咚"一声她倒在地上,她昏了过去,她休克了。

很多年之后白大省告诉我,十岁的那次昏倒就是她的初恋。她分析说当时她恨透了自己,却没有办法对付自己。直到今天,三十多岁的白大省还坚持说,那位赵叔叔是她见过的最好看的中国男人。长大成人的我不再同意白大省的说法,因为我本能地不喜欢大眼睛双眼皮的男人。但我没有反驳白大省,只是感叹着白大省这拙笨之至又强烈之至的"初恋"。那个以后我们再也未曾谋面的赵叔叔,他永远也不会知道,当年驸马胡同那个十岁的女孩子白大省,就是为了他才昏倒。他也永远不会相信,一个十岁的女孩子,当真能为她心中的美男子昏死过去。他们那个年纪的男人,是不会探究一个十岁的女人的心思的，在他眼里她们只是一群孩子，他会像抱一个孩子一样去抱起她们，他却永远不会知道，当他向她们伸出双臂时，会掀起她们心中怎样的风暴。他在无意之中就伤了胡同里那么多女孩子的心，当他和三号院西单小六的事情发生后，那些与他"同台"饰演喜儿的小女孩才知道，他其实从来就没有注意过她们，他倾心的是胡同里远近闻名的那个西单小六。为什么一个十岁的小女孩能为一个大男人昏过去呢，而西单小六，却几乎连正眼都不看一下那"大春"，就能弄得他神魂颠倒。

2

西单小六那时候可能十九岁,也可能十七岁,她和她的全家前几年才搬到驸马胡同。她们家占了三号院五间北房,北房原来的主人简先生和简太太,已被勒令搬到门房去住,谁让简先生1949年开过药铺呢,他是个小资本家,而西单小六的父亲是建筑公司的一名木匠。

西单小六的父母长得矮小干瘪,可他们是多么会生养孩子啊,他们生的四男四女八个孩子,男孩子个个高大结实,女孩子个个苗条漂亮。他们是一家子粗人,搬进三号院时连床都没有,他们睡铺板。他们吃得也粗糙,经常喝菜粥,蒸窝头。可他们的饮食和他们的铺板却养出了西单小六这样一个女人。她的眉眼在姐妹之中不是最标致的,可她却天生一副媚入骨髓的形态,天生一股招引男人的风情。她的土豆皮色的皮肤光润细腻,散发出一种新鲜锯末的暖洋洋的清甜;她的略微潮湿的大眼睛总是半眯着,似乎是看不清眼前的东西,又仿佛故意要用长长的睫毛遮住那火热的黑眼珠。她蔑视正派女孩子的规矩:紧紧地编结发辫,她从来都是把辫子编得很松垮,再让两鬓纷飞出几缕柔软的碎头发,这使她看上去胆大包天,显得既慵懒又张扬,像是脑袋刚离开枕头,更像是跟男子刚有过一场鬼混。其实她很可能只是刚刷完熬了菜粥的锅,或者刚就着腌雪里蕻吃下一个金黄的窝头。每当傍晚时分,她吃完窝头刷完锅,就常常那样慵懒着自己,在门口靠上一会儿,或者穿过整条胡同到公共厕所去。当她行走在胡同里的时候,她那蛊惑人心的身材便得到了最充分的展示。那是一个穿肥裆裤子的时代,不知西单小六用什么方法改造了她的裤子,使这裤子竟敢曲线毕露地包裹住她那紧绷绷的弹性十足的屁股。她的步态松懈,身材却挺拔,她就用这松懈和挺拔的奇特结合,给自己的行走带出那么一种不可一世的妖娆。她经常光脚穿着拖鞋,脚指甲用凤仙花汁染成恶俗的杏黄——那时候,全胡同、全北京又有谁敢染指甲呢,唯有西单小六。她就那么谁也不看地走着,因为她知道这胡同里没什么人理她,她也就不打算理谁。她这样的女性,终归是缺少女朋友的,可她不在乎,因为她有的是男朋友。她加入着一个团伙,号称西单纵队,"西单小六"这绰号,便是她加入了西单纵队之后所得。究其本名,也许她应该被称为"小六"吧,她在兄弟姐妹中排行老六。"西单小六"的这个团伙,是聚在一起的十几个既不念书(也无书可念)又不工作的年轻人,都是好出身,天不怕地不怕的,专在西单一带干些串胡同抢军帽、偷自行车转铃的事。然后他们把军帽、转铃拿到信托商店去卖,得来的钱再去买烟买酒。那个时代里,军帽和转铃是很多年轻人生活中的向往,那时候你若能得到一顶棉制栽绒军帽,就好比今日你有一件质地精良的羊绒大衣;那时候你的自行车上若能安一只转铃,就好比今日你的衣兜里装着一只小巧的手机。西单小六在这纵队里从不参加抢军帽、偷转铃,据说她是纵队里唯一的女性,她的乐趣是和这纵队里所有的男人睡觉。她和他们睡觉,甚至也缺乏这类女人常有的功利之心,不为什么,只是高兴,因为他们喜欢她。她最喜欢让男人喜欢,让男人为她打架。

　　她的种种荒唐,自然瞒不过家人的眼,她的木匠父亲就曾将她绑在院子里让她跪搓板。这西单小六,她本该令她的兄弟姐妹抬不起头,可她和他们的关系却出奇地好。当她跪搓板时,他们抢着在父亲面前替她求情。她罚跪的时间总是漫长的,有时从下午能跪到半夜。每一次她都被父亲剥掉外衣,只剩下背心裤衩。兄弟姐妹的求情也是无用的,他们看着她跪在搓板上挨饿受冻,心里难受得不行。终于有一次,她的那些同伙,西单纵队的哥们儿知道了她正在跪搓板,他们便在那天深夜对驸马胡同三号搞了一次"偷袭"。他们翻墙入院,将西单小六松了绑,用条红白相间的毛毯裹住扛出了院子。然后,他们骑上每人一辆的凤凰十八型锰钢自行车,再铆足了劲儿,示威似的同时按响各自车把上那清脆的转铃,紧接着就簇拥着西单小六在胡同里风一样地消失了。

那天深夜,我和白大省都听见了胡同里刺耳的转铃声,姥姥也听见了,她迷迷瞪瞪地说,准是西单小六她们家出事了。第二天胡同里就传说起西单小六被"抢"走的经过。这传说激起了我和白大省按捺不住的兴奋、好奇,还有几分紧张。我们奔走在胡同里,转悠在三号院附近,希望能从方方面面找到一点儿证实这传说的蛛丝马迹。后来听说,给西单纵队通风报信的是西单小六的三哥,西单小六本人反倒从不向她那些哥们儿讲述她在家里所受的惩罚。谁看见了他们是用条红白相间的毛毯裹走了西单小六呢?谁又能在半夜里辨得清颜色,认出那毛毯是红白相间呢?这是一些问题,但这样的问题对我们没有吸引力。我们难忘的,是曾经有这样一群男人,他们齐心协力,共同行动,抢救出了一个正跪在搓板上的他们喜爱的女人。而他们抢她的方式,又是如此地震撼人心。西单小六仿佛就此更添了几分神秘和奇诡,几天之后她没事人似的回到家中,又开始在傍晚时分靠住街门站着了。她手拿一根钩针,衣兜里揣一团白线,抖着腕子钩一截贫里贫气的狗牙领子。很可能九号院赵奶奶的侄子、那卷发的"大春"就是在这时看见了西单小六吧,西单小六也一定是在这样的时候用藏在睫毛下的黑眼珠瞟见了"大春"。

这一男一女,命中注定是要认识的,任什么也不可阻挡。听赵奶奶跟姥姥说,那鬼迷心窍的"大春"手术早就做完了,单位几次来信催他回去,他理也不理,不顾赵奶奶的劝阻,竟要求西单小六嫁给他,跟他离开北京。西单小六嘻嘻哈哈地不接话茬儿,只是偷空跟他约会。后来,西单纵队的那伙人,就是在赵奶奶的后院把他俩抓住的。照例是个夜晚,他们照例翻墙进院,用毛毯将裸体的西单小六裹了走,又把那"大春"痛打一顿,以匕首威胁着将他轰出了北京。

胡同里有人传说,说这回西单纵队潜入赵奶奶家后院,是西单小六故意勾来的。她一挑动,男人就响应。她是多么乐意让男人在她眼前出丑啊。这传说若是真的,西单小六就显得有点儿卑鄙了。美丽而又卑鄙,想来该是伤透了"大春"的心。

赵奶奶哭着对姥姥说,真是作孽啊,咱们胡同怎么招来这么个狐狸精。姥姥陪着赵奶奶落泪,还嘱咐我们,不许去三号院玩,不许和西单小六家的人说话。她是怕我们学坏,怕我们变成西单小六那样的女人。

我就在这个时期离开了北京,回到了B城父母的身边。那时我的父母刚刚结束在一座深山里的五七干校的劳动,他们回家之后第一件事就是把我从姥姥家接回来,要我在B城继续上学。他们是那样重视与我的团聚,而我的心,却久久地留在北京的驸马胡同了。我知道胡同里那些大人是不会想念我这样一个与他们无关的孩子的，可我却总是专心致志地想念胡同里一些与我无关的大人：卷发的"大春"，西单小六，赵奶奶，甚至还有赵奶奶家的女猫妞妞。我曾经幻想如果我变成妞妞，就能整日整夜与那"大春"在一起了，我还能够看见他和西单小六所有的故事。我听说西单纵队的人去赵奶奶家后院抓"大春"和西单小六时，妞妞在房顶上好一阵尖叫。她是喊人救命呢，还是幸灾乐祸地欢呼呢？而我想要变成妞妞，究竟打算看见大春和西单小六的什么故事呢？以我那时的年龄，我还不知道一个男人和一个女人在一起要做什么事。我的心情，其实也不是嫉妒，那是一团乱七八糟的惆怅和不着边际的哀伤。因为我没像白大省那样"爱"上赵奶奶的侄子，我也不厌恶被赵奶奶说成狐狸精的西单小六。我喜欢这一男一女，更喜欢西单小六。我不相信那天夜里她是有意让"大春"出丑，就算是有意让"大春"出丑又怎样？我在心里替她开脱，这时我也显得很卑鄙。这个染着恶俗的杏黄色脚指甲的女人，她开垦了我心中那无边无际的黑暗的自由主义情愫，张扬起我渴望变成她那样的女人的充满罪恶感的梦想。十几年后我看伊丽莎白·泰勒主演的《埃及艳后》，当看到埃及艳后吩咐人用波斯地毯将半裸的她裹住扛到凯撒大帝面前时，我立刻想到了驸马胡同的西单小六，那个大美人，那个艳后一般的人物，被男男女女口头诅咒的人物。

　　在很长的时间里我都没把对西单小六的感想告诉我的表

妹白大省，我以为这是一个忌讳：当年是西单小六"夺"走了白大省为之昏过去的"大春"。再说，到了八十年代初期，三号院那五间大北房又回到了住门房的简先生手中，西单小六一家就搬走了。她已经消失在驸马胡同，我又有什么必要一定要对白大省提起西单小六呢。直到有一次，大约两年前，我和白大省在三里屯一个名叫"橡木桶"的酒吧里见到了西单小六。她不是去那儿消遣的，如今她是"橡木桶"的女老板。

那是一间竭力模仿异国格调的小酒吧，并且也弥漫着一股异国餐馆里常有的人体的膻气和肉桂、香叶、咖喱等调料相混杂的味道。酒吧看上去生意不错，烛光幽暗，顾客很多——大都是外国人。墙上挂着些兽皮、弓箭之类，吧台前有两个南美模样的女歌手正弹着西班牙吉他演唱《吻我，吉米》。我就是在这时看见了西单小六。尽管二十多年不见，在如此幽暗的烛光下我还是一眼就把她认了出来。我为此一直藐视那些胡编乱造的故事，什么某某和某某十几年不见就完全不认识了并由此引出许多误会什么的，这怎么可能呢，反正我不会。我认出了西单小六，她有四十多岁了吧？可你实在不能用"人老珠黄"来形容她。她穿一条低领口的黑裙子，戴一副葵花形的钻石耳环；她的身材丰满却并不臃肿，她依旧美艳并对这美艳充满自信；她正冲着我们走过来，她的行走就像从前在驸马胡同一样，步态悠然，她的神情只比从前更多了几分见过世面的随和。她看上去活得滋润，也挺满足，虽然有点儿俗。我对白大省说,嗨,西单小六。这时西单小六也认出了我们,她走到我们跟前说,从前咱们做过邻居吧。她笑着,要侍者给我们拿来两杯"午夜狂欢"——属于她的赠送。她的笑有一种回味故里的亲切,不讨厌,也没有风尘感。我和白大省也对西单小六笑着,我们的笑里都没有恶意,我们对她能一下子认出从前胡同里的两个孩子感到惊异。我们只是不知道怎样称呼她,只好略过称呼,客气又不失真实地夸赞她的酒吧。她开心地领受这称赞,并扬扬手叫过了一个正在远处忙着什么的宽肩厚背的年轻人,那年轻人来到我们面前,西单小六介绍说这是她的先生。

那个晚上我和白大省在"橡木桶"过得很愉快。西单小六和她那位至少小她十岁的丈夫使我们感慨不已。我们感叹这个不败的女人,谜一样的不败的女人。白大省就在那个晚上告诉我,她从来就没有憎恨过西单小六。她让我猜猜她最崇拜的女人是谁,我猜不着,她说她最崇拜的女人是西单小六,从小她就崇拜西单小六。那时候她巴望自己能变成西单小六那样的女人,骄傲,貌美,让男人围着,想跟谁好就跟谁好。她常常站在梳妆镜前,学着西单小六的样子松散地编小辫,并三扯两扯扯出鬓边的几绺头发。然后她靠住里屋门框垂下眼皮愣那么一会儿,然后她离开门框再不得要领地扭着胯在屋里走上那么几圈。她看着镜子里的自己,亢奋而又鬼祟,自信而又气馁。她是多么想如此这般地跑出家门跑到街上,当然她从来就没有如此这般地跑出过家门跑到过街上,也从没有人见过她模仿西单小六的怪样，包括我。

那个晚上我望着走在我身边显得人高马大的白大省，我望着她的侧面，心想我其实并不了解这个人。

3

　　我的这位表妹白大省,她那长大之后仍然傻里傻气的纯洁和正派,常常让我觉得是这世道仅有的剩余。在中学和大学里她始终是好学生,念大三时她还当过校学生会的宣传部长。她天生乐于助人,热心社会活动,不惜为这些零零碎碎的活动耽误学习。我窃想也许她本来就不太喜欢学习本身。她念的是心理系,有时候她会在上课时溜回宿舍睡大觉,不过这倒也没有妨碍她顺利毕业。她毕了业,进了四星级的凯伦饭店,后来就一直固定在销售部。在那儿得卖房,单凭散客和旅行社的固定客户是不够的，得主动出击寻找客源。她的目标是京城的合资、独资企业以及外国公司的代表处，她须经常在这些企业的写字楼里乱窜，登门入室，向人家推销凯伦的客房，并许以一些优惠条件。凯伦的职员把这种业务形式统称为"扫楼"。听上去倒是有一种打击一大片的气势，扫视或者扫射吧，这可不是闹着玩儿的。我简直想不出白大省拿什么来作为她"扫楼"的公关资本，或者换个说法，白大省简直就没有什么赖以公关的优势。她相貌一般，一头粗硬的直短发，疏于打扮，爱穿男式衬衫。个子虽说不矮，但是腰长腿短，过于丰满的屁股还有点儿下坠，这使她走起路来就显得拙笨。可是她的"扫楼"成绩在她们销售部还是名列前茅的，凭什么呢白大省？难道她就是凭了由小带到大的那份"仁义"么？凭了她那从里到外的一股子莫名其妙的待人的真情？

我领教过白大省待人的真情。那年她念大二，到我们B城一所军事指挥学院参加封闭式的大学生军训。军训结束时，我给她打电话，让她先别回北京，在B城留两天，到我家来住。那时我刚结婚，幸福得不得了，我愿意让白大省看看我的新家，认识我对她说过一百遍的我的丈夫王永。白大省欣然答应，在电话里跟王永姐夫长姐夫短的好不亲热。我们迎她进门，给她做了一大堆好吃的。回想起小时候在驸马胡同南口买冰镇汽水的时光，我还特意买来了小肚，这曾经是我和白大省小时候最爱吃的东西。我的父母——白大省的姨父和姨妈也赶来我家和我们一起吃饭。大家异口同声地说军训使白大省黑了，也结实了。话题由此开始，白大省就对我们说起了她的军训时光。毫无疑问她是无限怀恋这军训的，她详细地向我们介绍她每天的活动，从早晨起床到晚上睡觉，背包怎么打，迷彩服怎么穿，部队小卖部都卖些什么，她们的排长人怎么怎么好，对她们多么严格，可是大家多么服他的气，那排长是山东人，有口音，可是一点儿也不土，你们不知道他是多么有人情味儿啊，别以为他就会"立正""稍息""向右转"，就会个匍匐前进，就会打个枪什么的，那个排长啊，他会拉小提琴，会拉《梁祝》，噢，对了，还有指导员……

整整一顿饭，白大省沉浸在军训的美妙回味中。她看不见眼前的饭菜，看不见我特意为她买来的小肚，看不见她的姨父姨妈，看不见她的姐夫王永，看不见我们明快、舒适的新家。除了军训、排长、指导员，她对一切都视而不见。此时此刻仿佛她身在何处、与谁在一起都是不重要的，哪怕你就是把她扔到街上，只要能允许她讲她的军训，她也会万分满足。到了晚上，白大省去卫生间洗澡时，我给她送进去一块浴巾，谁知这浴巾竟引得她把自己关在卫生间里哭了一场。我隔着门问她怎么啦怎么啦，她也不答话。一会儿，她红头涨脸、眼泪汪汪地出来了，她说我告诉你吧，我现在见不得绿颜色，什么绿颜色都能让我想起部队，想起解放军。话没说完，她把脸埋在那块绿浴巾里又哭起来，好像那就是她们排长的军服似的。

白大省这种不加克制的对几个军人的想念，实在叫人心烦，也使她看上去显得特别浑不知事。我不想再听她的军训故事，我也担心王永不喜欢我的这位表妹。第二天早饭后我提议和白大省上街转转，她还不知道B城什么样呢。白大省答应和我一起上街，可是紧接着她就问我附近有邮局么，她说她昨天夜里给排长他们写了几封信，她要先去邮局把信发出去。她说告别时她答应了他们一回去就写信的，她说要说话算数。我说可是你还没有回到北京啊，她说在当地发信他们不是收到得更快么——唉，这就是白大省的逻辑。幸亏不久以后驸马胡同发生了一系列变化，要不然她对亲人解放军的思念得持续到何年何月啊。

先是我们的姥姥去世了。姥姥去世前已经瘫痪了三年。姥姥一直跟着白大省的父母，也就是我的姨父和姨妈生活，可是因为姨父和姨妈八十年代初才从外地调回北京，所以姥姥和白大省在一起的时间最长。在我的记忆里，她指责、呲打白大省的时间也就最长。特别当她瘫痪之后，她就把指责白大省当成了她生活中一项重要的乐趣。她指责的内容二十多年如一日，无非是我从小就听惯的"笨"呀、"神不守舍"什么的，而这些时候，往往正是白大省壮工似的把姥姥从床上抱上抱下给她接屎接尿的时候。白大省的弟弟白大鸣从不伸手帮一帮白大省，可是姥姥偏袒他，几个舅舅每月寄给姥姥的零花钱，姥姥全转赠给了白大鸣。白大鸣什么时候往姥姥床前一栖乎,姥姥就从枕头底下掏钱。有一次我对白大省说,姥姥这人最大的问题就是偏心眼儿,看把白大鸣惯的,小少爷似的。再说了,他要真是小少爷,你不还是大小姐么。白大省立刻对我说,她愿意让姥姥护着白大鸣,因为白大鸣小时候得过那么多病。可怜的大鸣!白大省眼圈儿又红了,她说你想想,他生下来不长时间就得了百日咳;两岁的时候让一粒榆皮豆卡住嗓子差点儿憋死;三岁他就做了小肠疝气手术;五岁那年秋天他掉进院里那口干井摔得头破血流;七岁他得过脑膜炎;十岁他被同学撞倒在教室门口的台阶上磕掉了门牙……十一岁……十三岁……为什么这些倒霉事儿都让大鸣碰上了呢,为什么我一件都没碰上过呢,一想到这些我心里就一阵阵地疼,哎哟疼死我了……

白大省的这番诉说叫人觉得她一直在为自己是个健康人而感到内疚,一直在为她不像她的弟弟那么多灾多病而感到不好意思。我还有什么可说的呀,我再说下去几乎就成了挑拨他们姐弟的关系了,尽管我一百个看不上白大鸣。

姥姥死了,白大省哭得好几次都背过气去。我始终在猜想她哭的是什么呢,姥姥一生都没给过她好脸子,可留在她心中的,却是姥姥的一万个好。有一回她对我说,姥姥可是个见过大世面的老太太。那会儿,七十年代末,商店的化妆品柜台刚出现指甲油的时候,白大省买了一瓶,姥姥就说,你得配着洗甲水一块儿买,不然你怎么除掉指甲油呢?白大省这才明白,洗指甲和染指甲同样重要。她又去商店买洗甲水，售货员说什么洗甲水，没听说过。白大省对我说，哼，那时候她们连洗甲水都不知道，可是姥姥知道。你说姥姥是不是挺见过世面？我心说这算什么见过世面，可我到底没说，我不想扫白大省的兴。我只是觉得一个人要想得到白大省的佩服太容易了。

姥姥死后，姨妈的单位——市内一所重点中学又分给他们一套两居室的单元房，属于教师的安居工程。全家做了商量：姨父姨妈带着白大鸣搬去新居，驸马胡同的老房留给白大省。从今往后，白大省将是这儿的主人，她可以在这儿成家立业，结婚生子（或女），永远永远地住下去。在寸土寸金的北京西城商业区，这是招人羡慕的。白大省就在这时开始了她的第二场恋爱（如果十岁那次算是第一场的话）。那时她念大四，她的很多同学都知道她有两间自己的房子。有时候她请一些同学来驸马胡同聚会，有时候外地同学的亲戚朋友也会在驸马胡同借住。同班男生郭宏的母亲来北京治病，就在白大省这儿住了半个月。后来，郭宏就和白大省谈恋爱了。郭宏是大连的家，这人我见过，用白大省的话说，"长得特像陈道明或者陈道明的弟弟"。这人话不多，很机灵，凭直觉我就觉得他不爱白大省。可我怎么能说服白大省呢，那阵子她像着了魔似的。你只要想一想她怀念军训的那份激情，就能推断出在这样的一场恋爱里她的情感会有怎样的爆发力。

4

那时候白大省经常问我,要是你和一个男人结婚,你是选择一个你们俩彼此相爱的呢,还是选择一个他爱你比你爱他更厉害的呢,还是选择一个你爱他比他爱你更厉害的呢?——当然,你肯定选择彼此相爱,你和王永就是彼此相爱。白大省替我回答。我问她会选什么样的,她说,也许我得选择我爱他比他爱我更……更……她没再往下说。但我从此知道,事情一开始她给自己制定的就是低标准,一个忘我的、为他人付出的、让人有点儿心酸的低标准。她仿佛早就有一种预感，这世上的男人对她的爱意永远也赶不上她对他们的痴情。问题是我还想接着残忍地问下去，问我自己，这世上的男人又有谁对白大省有过真的爱意呢？郭宏和白大省交朋友是想确定了恋爱关系毕业后他就能留在北京。我早就看出了这一层，我提醒她说郭宏在北京可没家，她说我们结了婚他不就有家了么。

也许郭宏本是要与白大省结婚的，他们已经在一块儿过起了日子。白大省把伺候郭宏当成最大的乐事，她给他买烟，给他洗袜子，给他做饭，招一大帮同学在驸马胡同给他开生日 Party，让所有的人都知道他们的恋爱是认真的，是往结婚的路上走的那种。郭宏家的人来北京她是全陪，管吃管住还管掏钱买东西。她开始厚着脸皮跟家里多要钱，有一次为了给郭宏的小侄子买一只"沙皮狗"，她居然背着姨父和姨妈卖了家里一台旧电扇。真是何苦呢。可是忽然间，就在临近毕业时，郭宏又结识了学校一个日本女留学生，打那儿以后郭宏就不到驸马胡同来了。他是想随了那日本学生到日本去的，郭宏一好友曾经透露。这是一个打定了主意要吃女人饭的男人，当他能够去日本的时候，为什么还要留在北京呢。用不着留在北京，他就不必和白大省结婚。

直到今天我还记得白大省向我哭诉这一切时的样子，她膀眉肿眼，参着头发，盘腿坐在她的大床上，咬着牙根（我刚发现白大省居然也会咬牙根）说我真想报复郭宏啊我真想报复他，让他留不成北京，让他回他们东北老家去！接着她便计划出一大串报复他的方式，照我看都是些幼稚可笑没有力量的把戏。说到激动之处她便打起嗝儿来，凄切而又嘹亮，像是历经了大的沧桑。可是，当我鼓动她无论如何也要出这口恶气时，她却不说话了。她把自己重重地往床上一砸，扯过一条被子，便是一场蒙头大睡。我看着眼前的这座"棉花山"，想着在有些时候，棉被的确是阻隔灾难的一件好东西，它能抵挡你的寒冷，模糊你的仇恨，缓解你的不安，掩盖你的哀伤。白大省在棉被的覆盖下昏睡了一天，当她醒来之后就再也不提报复郭宏的事了。遇我追问，她就说，唉，我要是有西单小六那两下子就好了，可我不是西单小六啊，问题是——我要真是西单小六也就不会有眼前这些事儿了。郭宏敢对西单小六这样么？他敢！这话说的，好像郭宏敢对她白大省这样反倒是应当应分的。

　　白大省就在失去郭宏的悲痛之中迎来了她的毕业分配，在凯伦饭店，她开始了人生的又一番风景。她工作积极，待人热诚，除了在西餐厅锻炼时（去餐厅锻炼是每个员工进店之后的必修课）长了两公斤肉，别处变化不大。她还是像个学生，没有沾染大酒店假礼貌下的尖刻和冷漠之气。偶尔受了同事的挤对，她要么听不出来，要么哈哈一笑也就过去了。她赢了个好人缘，连更衣室的值班大妈都夸她：别看咱们饭店净漂亮妞儿，我还就瞧着白大省顺眼。多咱见了我们都打招呼，大妈长大妈短，叫得人心里热乎乎的。不怕您笑话呀，现如今我儿媳妇叫我一声妈都费老劲儿了，哎，我说白大省，今儿个你干吗往衬衫领子下头围一块小绸巾呀,绸巾不是该往脖子上系的吗……更衣室大妈不拿白大省当外人,逮着她就跟她穷聊。

过了些时候,白大省开始了她的又一次恋爱。这一回,对方名叫关朋羽,凯伦饭店客房部的,比白大省小一岁,个子和白大省差不多。他俩是在饭店圣诞晚会的排练时熟起来的,关朋羽演唱美声的《长江之歌》,白大省的节目是民歌《回娘家》。这首《回娘家》白大省大学时就唱熟了。她还有一个优点就是不怵台,这跟在学生会做过宣传部长有关。只是在排练过程中她总是出一些小麻烦,比如当唱到"左手一只鸡,右手一只鸭,怀里还抱着一个胖娃娃"时,她理应先伸左手再伸右手,她却总是先伸右手后伸左手。麻烦虽不大,但让人看着别扭。那时坐在台下的关朋羽就悄悄地冲她打手势,提醒她"先左,先左"。白大省看见了关朋羽的手势,也听见了他的提醒,他的小动作使她心中涌起一种莫可名状的感动,也就像有了靠山有了仗势一样地踏实下来,她遵照关朋羽的指示伸对了手——"先左"。到了后来,再遇排练,还没唱到"左手一只鸡,右手一只鸭"时她就预先把眼光转向了台下的关朋羽,有点儿像暗示,又有点儿像撒娇。她暗示关朋羽别忘了对她的暗示:我可快要出错儿了呀,你可别忘了提醒我呀。到了伸手的关键时刻,她其实已经可以顺利地"先左"了,可她却还假装着犹豫,假装着不知道她的手该怎么伸。台下的关朋羽果真就急了,他腾地向她伸出了左手。

白大省就喜欢看关朋羽着急的样子,那不是为别人着急,那是专为她白大省一人的着急。白大省乐不可支,她的"调情"技巧到此可说是达到了一个小高潮——也仅此而已,她再无别的花招。

关朋羽和郭宏不同,他是一种天生喜欢居家过日子的男人,注意女性时装,会织毛衣,能弹几下子钢琴,还会铺床。第一次随白大省到驸马胡同,他就向她施展了来自客房部的专业铺床和"开床"技术。他似乎从未厌烦过他平凡的本职工作,甚至还由此养成了一种职业性的嗜好:看见床就想铺它、"开"它。他吩咐白大省拿给他一套床单被单,他站在床脚双手攥住床单两角,哗啦啦地抖开,清洁的床单波浪一般在他果断的手势下起伏涌动,瞬时间就安静下来端正地舒展在床垫上。然后他替白大省把枕头拍松,请她在床边坐下,让她体味他的技术和劳动。他们——关朋羽和白大省,此刻就和床在一起,却谁也没有意识到他们能和这床发生点儿什么事情,叫人觉得铺床的人总是远离床的,就像盖房的人终归是远离房。白大省只从关朋羽脸上看到了一种劳动过后的天真和清静,没有欲望,也没有性。

他们还是来往了起来。饭店淘汰下一批家具,以十分便宜的价格卖给员工,三件套的织锦缎面沙发才一百二十块钱。白大省买了不少东西,从沙发、地毯、微波炉,到落地灯、小酒柜、写字台,关朋羽就帮她重新设计和布置房间。白大省想到关朋羽喜欢弹琴,还咬咬牙花五百块钱买了饭店一架旧钢琴（外带琴凳）。白大省向父母要钱或者偷着卖老电扇的时代过去了，她远不是富人，可她觉得自己也不算缺钱花。她在新布置好的房间里给关朋羽过了一次生日，这回她多了个心眼儿，不像给郭宏过生日那回请一堆人。这回她谁也没请，就她和关朋羽两个人。她从饭店西餐厅订了一个特大号的"黑森林"蛋糕，又买了一瓶价格适中的长城干红。那天晚上，他们吃蛋糕，喝酒，关朋羽还弹了一会儿琴。关朋羽弹琴的时候白大省就站在他身边看他的侧面。她离他很近，他的一只耳朵差不多快要蹭到她胸前的衣襟。他的耳朵红红的，像兔子。白大省后来告诉我，当时她很想冲那耳朵咬一口。关朋羽一直在弹琴，可是越弹越不知自己在弹什么。身边的一团热气阻塞了他的思维，他不知道是应该一直看着琴键，还是应该冲那团热气扭一下头，后来他还是冲白大省扭了一下头。当他扭头的时候，不知怎么的，他的头连同他那只红红的耳朵就轻倚在白大省的怀里了。这是一个让白大省没有防备的姿势，也许她是想双手搂住怀中这个脑袋的，可是她膝盖一软，却让自己的身子向下滑去，她跪在了地上。她的跪在地上的躯体和坐在琴凳上的关朋羽相比显得有点儿肉大身沉，尽管这样看上去她已经比他显得低矮。她冲他仰起头，一副要承接的样子。他也就冲她俯下身子，亲了亲她的嘴，又不着边际地在她身上抚摸了一阵。她双手勾住了他的不算粗壮的脖子，她是希望一切继续的，他应该把她抱起来或者压下去。可是他显然有点儿胆怯，他似乎没有抱起她的力气,也没有压住她的分量。很可能他已经后悔刚才他那致命的一扭头了。他好像是再也没事儿干了才决定要那么一扭头的,又仿佛正是这一扭头才让他明白眼前的白大省其实是如此巨大,巨大得叫他摆布不了。或者他也为自己的身高感到自卑,为自己的学历感到自卑?白大省是大本文凭,他念的是旅游中专。也许这些原因都不是,关朋羽,他始终就没有确定自己是不是爱上了白大省。他终于从白大省的胳膊圈儿里钻了出来。他坐回到桌旁,白大省也坐回到桌旁,两个人看上去都很累。

忽然白大省说,要是咱们俩过日子,换煤气罐这类的事儿肯定是我的。

关朋羽就说,要是咱们俩过日子,换灯泡这类的事儿肯定是我的。

白大省说,要是咱们俩过日子,我什么都不让你干。

关朋羽就说,你真善良,我早看出来了。

他说的是真话,他明白并不是每个男人都能碰见这份善良的。就为了他早就发现的白大省这份赤裸裸的善良,他又亲了她一次。然后他们平静、愉快地告了别。

他们还没有谈到结婚,不过两人都是心照不宣的样子。销售部的同事问起白大省,她只是笑而不答。白大省到底积累了点儿经验,她忍耐住了她自以为的幸福。要是我们的另一位表妹小玢不来北京,我判断关朋羽会和白大省结婚的。可是小玢来了。

小玢是我们舅舅的女儿,家住太原。一连三年没考上大学,便打定主意到北京来闯天下。她的理想是当一名时装设计师,为此她选择了北京一家没有文凭、不管食宿、也不负责分配的服装学校。她花钱上了这学校,并来到驸马胡同要求和白大省同住。她理直气壮,不由分说。

5

  小玢没来过北京,她却到哪儿也不怵,与人交往,天生的自来熟。她先是毫不忸怩地把驸马胡同当成了自己的家,她打开白大省的衣橱,唰啦啦地把白大省挂在衣杆上的衣服"赶"到一边,然后把自己带来的"时装"一挂一大片。她又打量了一阵写字台,把白大省戳在桌面上的几个小镜框往桌角一推,接着不同角度地摆上了几只嵌有自己玉照的镜框;其中一帧二十四寸大彩照,属于影楼艺术摄影那种格调的,她将它悬在了迎门,让所有人一进白大省家,先看见墙上被柔光笼罩的小玢在做妩媚之笑。最后她考虑到床的问题，她看看里屋唯一一张大床，对白大省说她睡觉有个毛病，爱睡"大"字，床窄了她就得掉下去。她要求白大省把大床让给她，自己再另支折叠床。白大省没有折叠床，只好到家具店现买了一张。剩下吃饭的问题，小玢也自有安排：早饭自己解决；晚饭谁早回来谁做（小玢永远比白大省回家晚）；中饭呢，小玢说她要到凯伦饭店和白大省一块儿吃，她说她知道白大省他们的午饭是免费的。白大省对此有些为难，毕竟小玢不是饭店的员工，这是个影响问题。小玢开导白大省说，咱们不要双份，咱俩合吃你那一份就行，难道你不觉得你该减肥了么，再不减肥，以后我给你设计服装都没灵感了。白大省看看自己的不算太胖、可也说不上婀娜的身材，一刹那还想起了比她文弱许多的关朋羽，就对小玢做了让步。女为悦己者瘦啊，白大省要减肥，小玢的中饭就固定在了凯伦饭店。说是与白大省合吃，实际每顿饭她都要吃去一多半，饿得白大省顶不到下午下班就得在办公室吃饼干。

　　凯伦饭店的中饭开阔了小玢的视野，她认识了白大省所有的同事，抄录下他们所有的电话、BP机号码。到了后来，她跟他们混得比白大省跟他们还熟。她背着白大省去饭店美容厅剪头发做美容（当然是免费）；让客房部的哥们儿给她干洗毛衣大衣；销售部白大省一个男同事，自己有一辆"富康"轿车的，居然每天早上开车到驸马胡同接小玢，然后送她去服装学校上学，说是顺路。这样，小玢又省出了一笔乘坐中

— 134 —

巴的钱。她心安理得地享受着这些方便,当然她也知道感谢那些给她提供方便的人。她的习惯性感谢动作是拍拍他们的大腿,之后再加上这么一句:"你真逗!"男人被她拍得心惊肉跳的,"你真逗"这个含意不清的句子也使他们乐于回味,可他们又绝不敢对她怎么样。动不动就拍男人大腿本是个没教养的举动,可是发生在小玢身上就不能简单地用没教养来概括。她那一米五五的娇小身材,她那颗剪着"伤寒式"短发的小脑袋瓜,她那双纤细而又有力的小手,都给人一种介乎于女人和孩子之间的感觉,粗鲁而又娇蛮,用意深长而又不谙世事。她人小心大,旋风一般刮进了驸马胡同,她把白大省的生活搅得翻天覆地,最后她又从白大省手中夺走了关朋羽。

那是一个下午,白大省和福特公司的客户在民族饭店见面之后没再回到班上,就近回了驸马胡同。这次见面是顺利的,那位客户,一个谢顶的红脸美国老头儿已经答应和凯伦签合同,他们代表处将在凯伦饭店包租一年客房。这也意味着白大省可以从租金中得到千分之二的回扣。白大省这天的确用不着再回班上了,白大省实在应该回家好好庆祝庆祝。她回家开了门,看见小玢和关朋羽躺在她的大床上。

不能用鬼混来形容小玢和关朋羽,真要是鬼混,事情倒还有其他的一些可能。问题是小玢不想和关朋羽鬼混,关朋羽也觉得他应该娶的原来是小玢。这样,本来可能是白大省丈夫的关朋羽,没出两个月就变成了白大省的表妹夫。

想来想去，白大省不像恨郭宏那样恨关朋羽，让她感到揪心疼痛的是，她和关朋羽交往一年多了都没打过床的主意，可关朋羽和小玢没见过几次面就上了床。那是她的床啊，她白大省的床！

小玢搬出了驸马胡同，一句道歉的话也没跟白大省说，只给她留下一件她亲自为遮掩白大省那下坠的臀部而设计制作的一件圆摆衬衫，还忘了锁扣眼儿。倒是关朋羽觉得有些对不住白大省，有一天他跟小玢要了驸马胡同的钥匙——还没来得及还给白大省的钥匙，趁白大省上班，他找人拉走了白大省的旧床，又给白大省买来一张新双人床，还附带买了床罩、枕套什么的。他认真为她铺好床，认真到比铺他和小玢的婚床更多一百分的小心。他不让床单上有一道褶痕，不让床裙上有一粒微尘。接着他又为她开了床，就像他在饭店客房里每天都做的那样，拍松枕头，把罩好被单的薄毯沿枕边规矩地掀起一角，再往掀起的被角上放一枝淡黄色的康乃馨。就像要让白大省忘却在这个位置上发生的所有不快，又像是在祝福白大省开始崭新的日子。

白大省下班回来看见了新床和床上的一切，那是关朋羽技术和心意的结合，是他这样一个男人向她道歉的独特方式。白大省坐在折叠床上遥望这新大床一阵阵悲伤，因为她怀念的其实正是关朋羽让人搬走的那张旧床，那张深深伤害了她的旧床。倘若她能重返旧床，哪怕夜夜只她单独一人，至少她也能体味关朋羽曾经在过这床上的那一部分——就算不是和她。另一部分，小玢占据的那一部分她甚至可以遮起来不想。在旧床上她的心和身体都会感到痛的，可那是抓得住的一种伤痛，纵然痛，也是和他在一起的。眼前的新床又算什么呢，一堆没有来历的木头罢了。

关朋羽的新床带给驸马胡同的是更多的凄清。好比一个男人，早就打定了主意要背离爱他的女人，告别之前却非要给这女人擦一遍桌子，拖一拖地板，扶正墙上的一个镜框，再把漏水的龙头修上一修。这本是世上最残忍的一种殷勤，女人要么在这样的殷勤里绝望，要么从这样的殷勤里猛醒。

我的表妹白大省，她似乎有点儿绝望，却还谈不上就此猛醒，她只是久久不在那新床上睡觉就是了。第一次睡她那新大床的是我。那次我来北京参加一个少儿读物研讨会，有天晚上住在了驸马胡同。我躺在白大省的新床上，她躺在那张折叠床上，脸朝天花板跟我讲着小玢和关朋羽。她说小玢和关朋羽结婚后就不念那个服装学校了，两人也没房，就和关朋羽的父母一起住。他家住在一幢旧单元楼的一楼，辟出一间临街开了个门，小玢开起了成衣店，生意还挺不错。白大省说他们结婚时她没去，她是想一辈子不搭理他们的，那时候天天下班回家就发誓。白大鸣为了支持白大省，自己先做了姿态，他不与他们来往。可也不知怎么的，临近婚礼时白大省还是给他们买了礼物，一只消毒碗柜，托客房部的人转给了关朋羽。白大省说关朋羽又托客房部的人给她送了一袋喜糖。她说你猜我把那喜糖放哪儿去了，我说你肯定没吃。

她指指房顶说我告诉你吧，让我站在院里都给扔到房上去了。

我闭眼想着我们头上那滋生着干草的灰瓦屋顶，屋顶依旧，只是女猫妞妞和男猫小熊早已不在了，不然那喜糖定会引起它们的一阵欢腾。最后白大省又埋怨起自己，她说全怪她警惕性不高啊，一不留神啊……我说这和留神不留神有什么关系，白大省说那究竟和什么有关系呢？

我没法回答白大省的问题，我于是请她看电影。那次我们看了一个没有公演的美国电影《完美的世界》，研讨会上发的票。看电影时我们都哭了，虽然克制但还是泪流满面。我们尽量默不作声，我们都长大了，不像从前看《卖花姑娘》的时候那么抽抽搭搭的。白大省偶尔还打一个嗝儿，憋成很细小的声音，只有我这么亲近的人才能觉察出她是在打嗝儿。《完美的世界》，那个罪犯和充当人质的孩子之间从恐惧憎恨到相亲相近的故事使白大省激动不已，仅在销售部，她就把这部电影给同事讲了四遍。我回 B 城后还接到过她一个长途电话，她说她从来没有像看了《完美的世界》以后那样热爱孩子，她第一次有点儿从心里羡慕我的职业了，她问我有没有可能托关系把她调到一个儿童出版社，她已经开始考虑改行了。我劝她说别神神经经的，出版社的活儿也不是那么好干。白大省后来没再坚持改行，她不是听了我的劝，那是因为，她仿佛又开始恋爱了。

6

白大省认识夏欣是在驸马胡同,夏欣骑车拐弯时撞了正在走路的白大省。撞得也不重,小腿擦破了一点儿皮,夏欣一个劲儿向白大省道歉,还从衣兜里掏出一片创可贴,非要亲手按在白大省小腿上不可。后来白大省听夏欣说,那天他是去三号院看房的,三号院的简先生要把他那间八平方米的门房租出去。本来夏欣有意要租,希望简先生在租金上做些让步,但简先生分毫不让,他也就放弃了。

夏欣认为自己是一个才华横溢的人,只是生不逢时,社会上的好机会都让别人占了去。他毕业于一所社会大学,多年来光跟人合伙办公司就办过八九个,开过彩扩店,还倒腾过青霉素。样样都没长性,干什么也没赚了钱,跟父母的关系又不好,索性就想从家里搬出来。他让白大省帮他物色价格合理的房,他说他简直一天也不想再看见他父母的脸。白大省给夏欣提供了几则租房信息,有两次她还陪他一道去看房。看完了房,夏欣要请白大省吃饭,白大省说还是我请你吧,以后你发了财再请我。

白大省把夏欣领进了驸马胡同,从此夏欣就隔长不短地在白大省那儿吃饭。他吃着饭,对她说着他的一些计划,做生意的计划,发财的计划,拉上两个同学到与北京相邻的某省某县开化工厂的计划……他的计划时有变化,白大省却深信不疑。比方说到开化工厂缺资金,白大省甚至愿意从自己的积蓄里拿出一万块钱借给夏欣凑个数。后来夏欣没要白大省的钱,因为他忽然又不想开化工厂了。

我非常反感白大省和夏欣的交往,我不喜欢一个大老爷们儿坐在一个无辜的女人家里白吃白喝外加穷白话。我对白大省说夏欣可不值得你这么耽误工夫,白大省说我不如她了解夏欣,说别看夏欣现在一无所有,她看中的就是夏欣的才气。噢,夏欣居然有才气,还竟然已被白大省"看中"。我让白大省将夏欣的才气举出一二例,她想了想说,他反应特快,会徒手抓苍蝇。我向她说,你们俩现在究竟是一种什么关系呢?她说还谈不上什么关系,夏欣人很正派,有天晚上他们聊天聊到半夜,夏欣就没走,白大省在里屋睡大床,夏欣在外屋睡折叠床,两人一夜相安无事。

这样的相安无事,可以说洁如水晶,又仿佛是半死不活。是一男一女至纯的友谊呢,还是更像两个男人的哥们儿义气?白大省也许终生都不会涉足这样的分析。她渴望的,只是得到她看中的男人的爱。夏欣无疑被她看中了,她却怎么也拿不准他那一方的态度。有了郭宏和关朋羽的教训,加上我对她的毫不掩饰的警告,她是要收敛一下自己的,很可能她也假模假式地伪装过矜持。她告诫过自己吧:要慢一点儿慢慢的斯斯文文的;她指点过自己吧:要沉稳千万别显出焦急;她也打算像个会招引人的女人那样修饰自己吧:小玢的娇蛮、西单小六的风骚,都来上那么一点儿……可惜的是,理论与实践的结合总是不妥帖的时候居多。当她想慢下来的时候她却比从前更快;当她打算表演沉稳的时候她却比从前更抓耳挠腮;当她描眉打鬓、涂脂抹粉时,她在镜子里看见的是一个比平常的自己难看一千倍的自己。她冲着镜子"温柔"地一笑,类似这样的"温柔"并非白大省与生俱来,它就显得突兀而又夸张,于是白大省自己先就被这突兀的温柔给吓着了。

转眼之间,白大省和夏欣已经认识了大半年,就像从前对待郭宏和关朋羽一样,她又在驸马胡同给夏欣过了一次生日。白大省这人是多么容易忘却,又显得有点儿死心眼儿。谁也弄不清她为什么老是用这同一种方式企图深化她和男性的关系。这次和前两次一样,是她要求给夏欣过生日,夏欣是一个答应的角色,他答应了,还始无前例地对她说了一声:"你真好。""你真好"使白大省预感到当晚的一切将至关重要,她暗中给自己设计了一个从容、懂事、不卑不亢的形象,可事到临头,她却比以往更加手忙脚乱并且喧宾夺主。没准儿正是"你真好"那三个字乱了她的手脚。那是一个星期六,她几乎花了一整天给自己选择当晚要穿的衣服。她翻箱倒柜,对比搭配。穿新的她觉得太做作;穿旧的又觉得提不起精神;穿素了怕夏欣看她老气;穿艳了又唯恐降低品位。她在衣服堆里择来择去,她摔摔打打,自己跟自己赌气。最后她痛下决心还是得出去现买。燕莎、赛特都太远无论如何去不成,最近的就是西单。她去了西单商场,选中一件黑红点的套头毛衣才算定住了神。她觉得这毛衣稳而不呆,闹中有静,无论是黑是红,均属打不倒的颜色。哪知回家对着镜子一穿,怎么看自己怎么像一只"花花轿"。眼看着夏欣就要驾到了,饭桌还空着呢。她脱了毛衣赶紧去开冰箱拿蛋糕,拿她头天就烹制好的素什锦,结果又撞翻了盛素什锦的饭盒,盒子扣在脚面上,脏污了她的布面新拖鞋。她这是怎么了,她想干什么?疯了似的。

好不容易餐桌上的那一套就了绪,她才发现原来自己一直戴着个胸罩在屋里乱跑。她就顺便低头看了一眼自己的胸,她总是为自己的胸部长成这样而有些难为情。不能用大或者小来形容白大省的乳房,她的乳房是轮廓模糊的那么两摊,有点儿拾掇不起来的样子。猛一看胸部也有起伏,再细看又仿佛什么都没有。这使她不忍细看自己,她于是又重返她那乱七八糟的衣服堆,扯出一件宽松的运动衫套在了身上。

那个晚上夏欣吃了很多蛋糕,白大省喝了很多酒。气氛本来很好,可是,喝了很多酒的白大省,她忽然打乱自己那"沉着、矜持"之预想,她忽然不甘心就维持这样的一个好气氛了。她的焦虑,她的累,她的没有着落的期盼,她的热望,她那从十岁就开始了的想要被认可的心愿,宛若噼里啪啦冒着火花的爆竹,霎时间就带着响声、带着光亮释放了出来。她开始要求夏欣说话,她使的招数简陋而又直白,有点儿强迫的意思。仿佛过生日的回报必是夏欣的表态,而且刻不容缓。她就没有想到,这么一来,他人并不曾受损,而她自己却已再无退路。

说点儿什么吧,白大省对夏欣说,总得说点儿什么。夏欣就说,我有一种预感,我预感到你可能是我这一生最想感谢的人。白大省追问道:还有呢?夏欣就说,真的我特感谢你。他的话说得诚恳,可不知怎么总透着点儿不吉利。白大省穷追不舍地又发问道:除了感谢你就没有别的话要说了么?夏欣愣了一会儿说,本来他不想在生日这天说太多别的,可是他早就明白白大省想要听见的是什么。本来他也想对他们的关系做个展望什么的,不是今天,可能是明天、后天……可是他又预感到今天不说就过不去今天,那么他也就顾不了许多了,干脆就说了吧。这时他一反吞吐之态,开始滔滔不绝。他说他和白大省的关系不可能再有别的发展，有一件事给他留下的印象太深刻了：那天他来这儿吃晚饭，白大省烧着油锅接一个电话，那边油锅冒了烟她这边还慢条斯理地进行她的电话聊天；那边油锅着了她仍然放不下电话，结果厨房的墙熏黑了一大片，房顶也差点儿着了火。夏欣说他不明白为什么白大省不能告诉对方她正烧着油锅呢，本来那也不是什么重要的电话。她也可以先把煤气灶关掉再和电话里的人聊天。可是她偏不，她偏要既烧着油锅又接着电话。夏欣说这样一种生活态度使他感觉很不舒服……白大省打断他说油锅着火那只不过是她的一时疏忽，和生活态度有什么关系啊。夏欣说好吧就算这是一时的疏忽，可我偏就受不了这样的疏忽。还有，他接着说，白大省刚跟他认识没多久就要借给他一万块钱开化工厂，万一他要是个坏人呢是想骗她的钱呢？为什么她会对出现在眼前的陌生男人这样轻信他实在不明白……

夏欣的话闸一开竟难以止住，他历数的事实都是事实，他的感觉虽然苛刻却又没错儿。他，一个连稳定的工作都没有的男人，一个连养活自己都还费点儿劲的男人，一个坐在白大省家中，理直气壮地享用她提供的生日蛋糕的男人，在白大省面前居然也能指手画脚，挑鼻子挑眼。那可怜的白大省竟还执迷不悟地说：我可以改啊我可以改！

他们到底无法谈到婚姻。夏欣在这个生日之后就离开了白大省。白大省哭着，心里一急，便冲着他的背影说，你就走吧,本来我还想告诉你,驸马胡同快要拆迁了,我这两间旧房,至少能换一套三居室的单元,三居室!夏欣没有回头,聪明的男人不会在这时候回头。白大省心里更急了,便又冲着他的背影说,你就走吧,你再也找不到像我这么好的人了!你听见了没有?你再也找不到像我这么好的人了!听了这话,夏欣回头了,他回过身来对白大省说,其实我怕的也是这个,很可能再也找不到了。这是一句真话,不过他还是走了。白大省这叫卖自己一般的挽留只加快了夏欣的离开。他不欠她什么,既不属于说了买又不买的顾客,也不属于白拿东西不给钱的顾客,他连她的手都没碰过。

很长一段时间,白大省既不收拾饭桌也不收拾床,她和夏欣吃剩的蛋糕就那么长着霉斑摆在桌上,旁边是两只油渍麻花的脏酒杯。夏欣生日那天她翻腾出来的那些衣服也都在里屋她的床上乱糟糟地摊着,晚上下班回来她就把自己陷在衣服堆里昏睡。有一天白大鸣来驸马胡同找白大省,进门就嚷起来:"姐,你怎么啦!"

7

　　白大鸣对白大省当时的精神状态感到吃惊，可他并无太多的担心。他了解他的姐姐白大省，他知道他这位姐姐不会有什么真想不开的事。白大省当时的精神状态只给白大鸣想要开口的事情增设了一点儿小障碍，他本是为了驸马胡同拆迁的事而来。

　　白大鸣已经先于白大省结了婚，女方咪咪在一所幼儿师范教音乐，白大省是两人的介绍人。白大鸣结婚后没从家里搬出去，他和咪咪的单位都没有分房的希望，两人便打定主意住在家里，咪咪也努力和公婆搞好关系。虽然这样的居住格局使咪咪觉出了许多不自如，可现实就是这样的现实，她只好把账细算一下：以后有了孩子，孩子顺理成章得归退休的婆婆来带，她和白大鸣下班回家连饭也用不着做，想来想去还是划算的，也不能叫作自我安慰。要是没有驸马胡同拆迁的信息，白大鸣和咪咪就会在家中久住下去，咪咪已经摸索出了一套与公婆相处的经验和技巧。偏在这时驸马胡同面临着拆迁，而且信息确凿。白大省已经得到通知，像她这样的住房面积能在四环以内分到一套煤气、暖气俱全的三居室单元。一时间驸马胡同乱了，哀婉和叹息、兴奋和焦躁弥漫着所有的院落。大多数人不愿挪动，不愿离开这守了一辈子的北京城的黄金地段。九号院牙都掉光了的赵奶奶对白大省说，当了一辈子北京人，老了老了倒要把我从北京弄出去了。白大省说四环也是北京啊赵奶奶。赵奶奶说，顺义还是北京呢！

三号院的简先生也是逢人就说，人家跟我讲好了，我们家能分到一梯一户的四室两厅单元房，楼层还由着我们挑。可我院里这树呢，我的丁香树我的海棠树，我要问问他们能不能给我种到楼上去！简先生摇晃着他那一脑袋花白头发，小资本家的性子又使出来了。

白大省对驸马胡同深有感情，可她不像赵奶奶、简先生他们，她打定主意不给拆迁工作出一点儿难题。新的生活、敞亮的居室、现代化的卫生设备对白大省来说，比地理方位

— 147 —

显得更重要。况且她在那时的确还想到了夏欣，想到他四处租房，和房东讨价还价的那种可怜样儿，白大省在心中不知说了多少遍呢：和我结婚吧，我现在就有房，我将来还会有更好的房！

驸马胡同的拆迁也牵动了白大鸣和咪咪的心，准确地说，最先反应过来的是咪咪。有天晚上她翻来覆去睡不着觉，就把白大鸣也叫醒说，早知道驸马胡同会这样，不如结婚时就和白大省调换一下了，让白大省搬回娘家住，她和白大鸣去住驸马胡同。这样，拆迁之后的三居室新单元自然而然便归了他们。白大鸣说现在说什么也晚了，再说咱们这样不也挺好吗。咪咪说好与不好，也由不得你说了算。敢情你是你爸妈的儿子，我可怎么说也是你们家的外人。你觉着这么住着好，你知道我费了多少心思和技巧？一家人过日子老觉着得使技巧，这本身就让人累。我就老觉着累。我做梦都想和你搬出去单过，住咱们自己的房子，按咱们自己的想法设计、布置。白大鸣说那你打算怎么办呀，咪咪说这事先不用和爸妈商量，先去找白大省说通，再返回来告诉爸妈。就算他们会犹豫一下，可他们怎么也不应该反对女儿回家住。白大鸣打断咪咪说，我可不能这么对待我姐，她都三十多岁了，老也没谈成合适的对象，咱们不能再让她舍弃一个自己的独立空间啊。咪咪说，对呀，你姐一个人还需要独立空间呢，咱们两个人不更需要独立空间么。再说，她老是那么一个人待着也挺孤独，如果搬回来和爸妈住，互相也有个照应。白大鸣被咪咪说动了心,和咪咪商量一块儿去找白大省。咪咪说,这事儿我不能出面,你得单独去说。你们姐弟俩说深了说浅了彼此都能担待,我要在场就不方便了。白大鸣觉得咪咪的话也对,但他仍然劝咪咪仔细想想再做决定。咪咪坚决不同意,她说这事儿不能渗着,得赶快。她那急迫的样子,恨不得把白大鸣从床上揪起来半夜就去找白大省。又耗了几天,白大鸣在咪咪的再三催促下去了驸马胡同。

白大鸣坐在白大省一塌糊涂的床边,屁股底下正压着她那团黑红点点的毛衣。他知道他的姐姐遭了不幸,他给她倒了一杯水。白大省喝了水,按捺不住地对白大鸣说起了夏欣。她说着,哭着,眼泪像断了线的珠子,白大鸣看着心里很难过。他想起了姐姐对他几十年如一日的疼爱,想起小时候有一次他往院子里扔了一块香蕉皮,姥姥踩上去滑了一跤,吓得他一着急,就说香蕉皮是白大省扔的。姥姥骂了白大省一整天,还让白大省花了一个晚上写了一篇检讨书。白大省一直默认着自己这个"过失",没有揭穿也没有记恨过白大鸣对她的"诬陷"。白大鸣想着小时候的一切,实在不知道怎么把换房的事儿说出口。后来还是白大省提醒了他,她说大鸣你是不是有什么事儿来找我?

白大鸣一狠心,就把想和白大省换房的事全盘托出。白大省果然很不高兴,她说这肯定是咪咪的主意,一听就是咪咪的主意,咪咪天生就是个出这种主意的人。她说她早就后悔当初把咪咪介绍给白大鸣,让咪咪变成了他们白家的人。

她质问白大鸣,问他为什么与咪咪合伙欺负她——难道没看见她现在的样子吗,还是假装不知道她从前的那些不如意。她说大鸣你真可恶真没良心你真气死我了你是不是以为我这人从来就不会生气呀你!她说你要是这么想你可就大错特错了现在我就告诉你我会生气我特会生气我气性大着呢,现在你就回家去把咪咪给我叫来,我倒要看看她当着我的面敢不敢再重复一遍你俩合伙捏鼓出的馊主意!

白大省的语调由低到高,她前所未有地慷慨激昂滔滔不绝,她就像换了一个人似的言辞尖刻忘乎所以。她不知道什么时候白大鸣已经悄悄地走了,当她发现白大鸣不见之后,才慢慢使自己安静下来。白大鸣的悄然离去使白大省一阵阵地心惊肉跳,有那么一会儿她觉得他不仅从驸马胡同消失了,他甚至可能从地球上消失了。可他究竟犯了什么错误呢她的亲弟弟!他生下来不长时间就得了百日咳;两岁的时候让一粒榆皮豆卡住嗓子差点儿憋死;三岁他就做了小肠疝气手术;五岁那年秋天他掉进院里那口干井摔得头破血流;七岁他得过脑膜炎;十岁他摔在教室门口的台阶上磕掉了门牙……可怜的大鸣!为什么这些倒霉事儿都让他碰上了呢,从来没碰上过这些倒霉事儿的白大省为什么就不能让她无比疼爱的弟弟住上自己乐意住的新房呢。白大省越想越觉得自己对不住白大鸣,她是在欺负他是在往绝路上逼他。她必须立刻出去找他,找到他告诉他换房的事儿不算什么大事儿,她愿意换给他们,她愿意搬回家去与父母同住……

她在白大鸣的单位找到了白大鸣，宣布了她的决定。想到数落咪咪的那些话她也觉得不好意思，就又给咪咪打电话，重复了一遍她愿意和他们换房的决定。她好言好语，柔声细气，把本来是他们求她的事儿，一下子变成了她在央告他们，甚至他们答复起来若稍有犹豫，她心里都会久久地不安。

她献出了自己的房子，驸马胡同拆迁之日，也就是她回到父母身边之时。这念头本该伴随着阵阵凄楚的，白大省心中却常常升起一股莫名的柔情。每天每天，她走在胡同里都能想起很多往事，从小到大，在这里发生的她和一些"男朋友"的故事。她很想在这胡同消失之前好好清静那么一阵，谁也不见，就她一个人和这两间旧房。谁敲门她也不理，下班回家她连灯也不开，她悄悄地摸黑进门，进了门摸黑做一切该做的事，让所有的人都认为屋里其实没人。有一天，当她又打着这样的主意走到家门口时，一个男人怀抱着一个孩子正站在门口等她。是郭宏。

郭宏打碎了白大省谁也不见的预想，他已经看见了她，她又怎么能假装屋里没人？她把他让进了门，还从冰箱里给他拿了一听饮料。

这么多年白大省一直没有见过郭宏，但是她知道他的情况。他没去成日本，因为那个日本女生忽然改变主意不和他结婚了。可他也没回大连，他决意要在北京立足。后来，工作和老婆他都在北京找到了，他在一家美容杂志社谋到了编辑的职务，结婚几年之后，老婆为他生了一个女儿。郭宏的老婆是一家翻译公司的翻译，生了女儿之后不久，有个机会随一个企业考察团去英国，她便一去不复返了，连孩子也扔给了郭宏。这梦一样的一场婚姻，使郭宏常常觉得不真实。如果没有怀里这活生生的女儿，郭宏也许还可以干脆假装这婚姻就是大梦一场，一切都可以重新开始，作为一个男人他还算不上太老。可女儿就在怀里，她两岁不到，已经认识她的父亲，她吃喝拉撒处处要人管，她是个活人不是梦。

此时此刻郭宏坐在白大省的沙发上喝着饮料，让半睡的女儿就躺在他的身边。他对白大省说，你都看见了，我的现状。白大省说，我都看见了，你的现状。郭宏说我知道你还是一个人呢。白大省说那又怎么样。郭宏说我要和你结婚，而且你不能拒绝我，我知道你也不会拒绝我。说完他就跪在了白大省眼前，有点儿像恳求，又有点儿像威胁。

这是千载难逢的一个场面，一个仪表堂堂的大男人就跪在你的面前求你。渴望结婚多年了的白大省可以把自己想象成骄傲的公主，有那么一瞬间，她心中也真的闪过一丝丝小的得意，一丝丝小的得胜，一丝丝小的快慰，一丝丝小的晕眩。纵然郭宏这"跪"中除却结婚的渴望还混杂着难以言说的诸多成分，那也足够白大省陶醉一阵。从没有男人这样待她，这样的对待也恐怕是她一生所能碰到的绝无仅有的一回。一时间她有点儿糊涂，有点儿思路不清。她低头看着跪在地上的郭宏，她闻见了他头发的气味，当他们是大学同学时她就熟悉的那么一种气味。这气味使此刻的一切显得既近切又遥远，她无法马上作答，只一个劲儿地问着：为什么呢这是为什么？

跪着的郭宏扬起头对白大省说，就因为你宽厚善良，就因为你纯、你好。从前我没见过、今后也不可能再遇见你这样一种人了你明白么。

白大省点着头忽然一阵阵心酸。也许她是存心要在这眩晕的时刻，听见一个男人向她诉说她是一个多么美丽的女人，多么难以让他忘怀的女人，就像很多男性对西单小六、对小玢、对白大省四周很多女孩子表述过的那样，就像我的丈夫王永将我小心地拥在怀中，贪婪地亲着我的后脖颈向我表述过的那样。可是这跪着的男人没对白大省这么说，而她终于又听见了几乎所有认识她的男人都对她说过的话，那便是他们心目中的她。就为了这个她不快活，一种遭受了不公平待遇的情绪尖锐地刺伤着她的心。她带着怨愤，带着绝望，带着启发诱导对跪着的男人说，就为这些么！你就不能说我点儿别的么你！

跪着的男人说，我说出来的都是我真心想说的啊，你实在是一个好人……我生活了这么些年好不容易才悟透这一点……白大省打断他说，可是你不明白，我现在成为的这种"好人"从来就不是我想成为的那种人！

跪着的男人仍然跪着，他只是显得有些困惑。于是白大省又说，你怎么还不明白呀，我现在成为的这种"好人"根本就不是我想成为的那种人！

跪着的男人说，你说什么笑话呀白大省，难道你以为你还能变成另外一种人么？你不可能，你永远也不可能。

永远有多远?！白大省叫喊起来。

我坐在世都二楼的咖啡厅等来了我的表妹白大省。我为她要了一杯冰可可，我说，我知道你还想跟我继续讨论郭宏的事儿，实话跟你说吧这事儿很没意思，你别再犹豫了你不能跟他结婚。白大省说，约你见面真是想再跟你说说郭宏，可你以为我还像从前那么傻吗？哼，我才没那么傻呢，我再也不会那么傻了。噢，他想不要我了就把我一脚踢开，转了一大圈，最后怀抱着一个跟别人生的孩子又回到我这儿来了，没门儿！就算他给我跪下了，那也没门儿！

我惊奇白大省的"觉悟"，生怕她心一软再变卦，就又加把劲儿说，我知道你不傻，人都会慢慢成熟的。本来事情也不那么简单，别说你不同意，就是你同意，姨父姨妈那边怎么交代？再说，你把自己的房都给了大鸣，就算你真和郭宏结婚，姨父姨妈能让你们——再加上那个孩子在家里住？白大省说，别说我们家不让住，郭宏他们一直住他大姨子的房，他大姨子现在都不让他们爷儿俩住。所以，我才不搭理他呢。我说，关键是他不值得你搭理。白大省说，这种人我一辈子也不想再搭理。我说，你的一辈子还长着呢。白大省说，所以我要变一个人。她说着，咕咚咕咚将冰可可一饮而尽，让我陪她去买化妆品。她说她要换牌子了，从前一直用"欧珀莱",她想换"CD"或者倩碧,可是价格太贵,没准儿她一狠心,从今往后只用婴儿奶液,大影星索菲娅·罗兰不是声称她只用婴儿奶液么。

我和白大省把世都的每一层都转了个遍,在女装部,她一反常态地总是揪住那些很不适合她的衣服不放:大花的,或者透得厉害的,或者弹力紧身的。我不断地制止她,可她却显得固执而又急躁,不仅不听劝,还和我吵。我也和她吵起来,我说你看上的这些衣服我一件也看不上。白大省说为什么我看上的你偏要看不上?我说因为你穿着不得体。白大省说怎么不得体难道我连自己做主买一件衣服的权利也没有啊。我说可是你得记住,这类衣服对你永远也不合适。白大省说什么叫永远也不合适什么叫永远?你说说什么叫永远?永远到底有多远!

我就在这时闭了嘴,因为我有一种预感,我预感到一切并不像我以为的那么简单。果然,第二天中午我就接到白大省一个电话,她告诉我她是在办公室打电话,现在办公室正好没人。她让我猜她昨晚回家之后在沙发缝里发现了什么,她说她在沙发缝里发现了一块皱皱巴巴、脏里吧唧的小花手绢,肯定是前两天郭宏抱着孩子来找她时丢的,肯定是郭宏那个孩子的手绢。她说那块小脏手绢让她难受了半天,手绢上都是馊奶味儿,她把它给洗干净了,一边洗,一边可怜那个孩子。她对我说郭宏他们爷儿俩过的是什么日子啊,孩子怎么连块干净手绢都没有。她说她不能这样对待郭宏,郭宏他太可怜了太可怜了……白大省一连说了好多个可怜，她说想来想去，她还是不能拒绝郭宏。我提醒她说别忘了你已经拒绝了他，白大省说所以我的良心会永远不安。我问她说，永远有多远？

电话里的白大省怔了一怔，接着她说，她不知道永远有多远，不过她可能是永远也变不成她一生都想变成的那种人了，原来那也是不容易的，似乎比和郭宏结婚更难。

那么，白大省终于要和郭宏结婚了。我不想在电话里和她争吵或者再规劝她，我只是对她说，这个结果，其实我早该知道。

这个晚上，我和我丈夫王永在长安街上走路，他是专门从B城开车来北京接我回家的。我从来也没有像今天这样渴望见到王永，我对我丈夫心存无限的怜爱和柔情。我要把我的头放在他宽厚沉实的肩膀上告诉他"我要永远永远待你好"。我们把车存在民族饭店的停车场，驸马胡同就在民族饭店的斜对面。我们走进驸马胡同，又从胡同出来走上长安街。我们没去打搅白大省。我没有由头地对王永说，你会永远对我好吧？王永牵着我的手说我会永远永远疼你。我说永远有多远呢？王永说你怎么了？我对王永说驸马胡同快拆了，我对王永说白大省要和郭宏结婚了，我对王永说她把房也换给白大鸣了，我还想对王永说，这个后脑勺上永远沾着一块蛋黄洗发膏的白大省，这个站在水龙头跟前给一个不相识的小女孩洗着脏手绢的白大省是多么不可救药。

就为了她的不可救药,我永远恨她。永远有多远?

就为了她的不可救药,我永远爱她。永远有多远?

就为了这恨和爱,即使北京的胡同都已拆平,我也永远会是北京一名忠实的观众。

啊,永远有多远啊。

谁能让我害羞

女人吃过早饭就一直在打电话。她打电话不是坐在电话机跟前，她是拿着话筒在房间里走来走去地打——客厅里有一部无绳电话。她这种溜溜达达、东瞅西看的做派似乎基于两个原因：一来可以顺便浏览这套面积不小、亮亮堂堂的新居，哪儿还缺点什么，哪儿还不太顺眼，或者哪儿都顺眼什么也不缺。其次她好像在模仿外国电影里那些打电话的人，尤其是那些女主人公，她们在打电话或者接电话时，大多是提着电话满屋子乱转，长长的电话线在她们脚前或者身后一路扭动，看上去显得潇洒，还有一种心不在焉的自得。女人此刻就有点自得，可她不想承认，她感觉自得是一种轻浮的心态，她感觉她的心态比自得要高。女人不到四十岁，一个模仿欲和创造欲兼而有之的岁数。

溜溜达达的女人拐进厨房，发现饮水机上的那只淡蓝色的空水桶，想起该给水站打电话叫水了，于是尽快结束了眼下这个本来就内容空泛的电话。她开始拨水站的号码，却怎么也要不通，话筒里翻来覆去只有一个不给情面、呆板乏味的声音：您拨的电话号码不存在或已变更。女人的脾气有点上来了，这种名叫"清灵山"的矿泉水是厂家上门推销时被她接受的，几天前她还打电话叫过水，怎么会"您拨的电话号码不存在呢"？那么就是"或已变更"？这就更不像话了——变更了电话号码为什么不通知客户，不知道我们每天要喝矿泉水啊。女人又打"114"查询，"114"说"您查询的号码未作登记"。女人气愤了，"黑店""野店"之类的词汇咕嘟咕嘟直撞心口。她想起就在上次，听从那个送水的小男孩的建议，她从他手里买了十张共一百块钱的水票。当时她也觉得方便，每次付给送水人一张水票，比每次都要预备好合适的钱省事。敢情这是水站的一个小伎俩啊，他们一次性骗走所有用户的人民币，然后就从这座城市消失了。女人想着，随手拉开灶台旁边的一只小抽屉，拿出那沓比扑克牌略窄的、价值一百块钱的水票。是啊，水站的电话号码若是存在，它就还是钱；不然呢，它就只是一沓废纸了。这时女人看见

"废纸"上赫然印着"清灵山"矿泉水送水站的地址：本市某区某某路某号。原来这水站是有出处的，她怎么从来没有注意过水票上的地址呢？当你可以用电话召唤对方为你服务的时候，地址的确显得并不重要。但是此刻它重要起来。女人估算了一下，这个地址距她所在的小区大约六公里左右，在一座中等城市，这是一个不算远也不算近的距离。女人决定按水票的地址去找这家水站。也许是为了那一百块钱（她在心里已经把它作废），也许是为了自己作为顾客的被戏弄。女人有理由认为自己已被戏弄。这感觉她并不陌生，火爆而没有信誉的商业，富裕却并不安稳的生活，经常被她交叉体味。所有的许诺都是可疑的，包括物业公司承诺的二十四小时热水供应也从来没有百分之百兑现过。可是他们却知道先把满院子的保安武装得像那么回事，保安身穿配有金色肩章和绶带的深蓝制服，头戴红呢贝雷帽，时不时地排起队在楼前巡逻一阵子，演戏一般。难道没有满足物业公司和业主双方的虚荣心吗？难道还有什么不够？女人哪，最受不了的就是保安头上的红呢帽，特别当她正要洗澡水龙头里突然出不来热水时。她胡乱抓起浴巾裹住赤裸的身子给物业值班室打电话，他们通常的回答是"对不起正在抢修热水管道"。这时女人坚信那个接电话的值班员头上一定也歪扣着一顶红呢贝雷帽，煞有介事而又不伦不类。

就这样，女人想想这儿想想那儿，怀着一腔的不快把自己穿戴整齐，锁好家门，乘电梯下楼，开车去寻找那个可能已经失踪的水站。她顺利地找到了某区的某某路,原来这是一条拥挤、嘈杂的肮脏小街,集中着土产批发一类的密密麻麻的店铺,笤帚、簸箕、墩布、卫生纸,品质可疑的所谓不锈钢盆、碗,还有菜刀、剪子、铁锅、塑料桶……波浪似的翻滚在小街两旁的便道上;掺杂在其中的小饭馆也不甘寂寞,炉灶快要戳到了马路中央,大馅水饺、小笼蒸包和油泼面在各自的锅里冒着腾腾热气,笼络着这街和街上的人,致使油腻的地面上处处污水横流。女人放慢车速,留神着门牌号码,她想,正因为这条小街是如此的放肆和热闹,这里的任何一间小铺子或说"公司"才特别容易说没就没。就在这时,她看见了"清灵山"三个字,"清灵山矿泉水某某路分公司"的大字招牌就在一间小门脸儿的门楣之上,在小笼包子和油泼面的油腻气味中确凿地存在着。女人把车停靠在路边,躲着便道上蜿蜒的污水走进水站。在堆积着水桶的房间里,那个小男孩——上次给她送水的那个,和两个同伴围住一张两屉桌,一人捧着一只比他们的脑袋大不少的青花瓷碗正在吃面,油泼面吧。当他发现女人进屋、把脸从面碗挪开时,腮边还沾着一片墨绿的菠菜叶。

女人的心定了。看来这水站没有戏弄她,水票上的地址是真实的,而且,那被用来吃面的两屉桌角摆着电话呢,蒙着灰尘的电话。她扫了一眼腮边沾着菠菜叶的小男孩,不知道该怎样称呼他。他显然还算不上个男人,但用"小男孩"招呼他也太过稚嫩,至少他不是个童工。"小伙子"吗?透着点鼓舞和褒扬的意思，女人没有这种意思。他不超过十七岁吧，有点鼠相，有点孱弱，面目和表情介乎于城乡之间，皮色发暗，一个营养不良的少年而已。对称呼这样一个人物其实何必太费斟酌，用得着吗？女人于是冲少年"哎"了一声，"你"，她说，她对他发表了一些谴责的话，谴责水站变更电话不通知客户。少年解释说从前那个号码是借别人的，现在人家不让用了，老板只好去申请新号，老板说了，新号码很快就能办好。接着他又呜里呜哝向女人道了些个"真不好意思"之类的话，仿佛刚被这个城市教会，运用尚欠自如。女人不耐烦地听他的道歉，只说你不是给我家送过水嘛，下午三点以后请你给我送一桶水。你们的顾客登记上有我的地址。少年殷勤地答应说他知道女人的住址：湖滨雅园五栋801。女人心里笑了，不是笑少年那不错的记性，她想这本是一个没有湖泊的城市，她那个小区还非叫湖滨雅园不可，一时间小区连同小区的业主都有那么点虚情假意，那么点连蒙带唬，不是吗？女人得意自己这瞬间的自嘲，有自嘲能力的人就是那些在生活中占据主动位置的人。她就是，她觉得。

少年目送女人开车远去，特别注意着她的白色汽车。他不知道那车是什么牌子，但这也许并不重要，重要的是一个开着汽车的女人光临了这个水站，这间破旧、狭隘的小屋。她带着风，带着香味儿，带着暖乎乎的热气站在这里，简直就是直奔他而来。她有点发怒，却也没有说出太过分的话，并且指定要他给她送水。她穿得真高级，少年的词汇不足以形容她的高级。少年只是低头看了看自己,原来自己是如此破旧,脚上那双县级制鞋厂出产的绒面运动鞋已经出现了几个小洞。少年对自己有些不满,有些恼火,他回忆着第一次给女人送水的情景,基本上没想起多少。只记得房间很大,厨房尤其大,简直大过了他姑姑家最大的房间——少年寄居在姑姑家,和表哥挤在一间六平方米的小屋。女人的厨房比六平方米大两倍吧,少年弄不懂做饭的屋子为什么非得这么大不可,开间饭馆都足够了,而且,厨房的洗碗池前竟然还铺着地毯(防滑垫)。竟然还铺着地毯!给少年留下记忆的还有女人的孩子,那么小的一个孩子——可能五岁——就拿着手机当玩具玩儿,当女人要他放下手机时,他就很悲哀地对女人说,为什么我总是不能痛痛快快地玩呢,为什么我总是不能痛痛快快地玩呢?我要打"110"了……"痛痛快快"和"110"给少年留下了印象,比女人那套让人眼花缭乱的房子留给他的印象要深。房子和房子里的一切毕竟离少年太远了,而孩子所说的痛痛快快倒叫他觉得有趣,他就总想痛痛快快地不送水了,痛痛快快地闲待着。一桶水五十斤重,他送一桶才挣八毛钱。生意最好的时候他一天送过九桶,挣过七块二毛钱,表哥立刻要他请客吃烤羊肉串。他这一天的工资连买一桶矿泉水都不够,一碗油泼面也得两块钱,少年的姑姑家不管饭,他一天至少要在外头吃两碗油泼面。有时候,特别是当要水的人家住在五楼或六楼,他扛着水桶一级一级爬楼梯的时候,他就会心生愤懑:这些人为什么一定要花钱喝矿泉水啊纯净水啊，水管子里的水怎么了有毒了吗有毒了吗？毒死他们才好呢。少年的想法有时候无边无沿。不过他知道他不能去毒死"他们"，"他们"会打"110"报警。当他在半年前来到这城市谋生时，表哥给他讲过"110"的作用，从此他知道，他独自在外遭遇紧急情况随时可打"110"。问题是他能有什么紧急情况呢？他最大的紧急情况就是缺钱，缺钱就不能痛快，"110"能帮他弄钱吗？但是现在，少年还是准备去给湖滨雅园五栋801的女人送水，这些人如果都不喝矿泉水了，他就连那一天七块二毛钱的人民币也挣不出来了。刚才那几个和他一起吃面的同伴在这时冲他开起粗俗的玩笑，找你来了人家找你来了，他们说；看上你了人家看上你了，他们说。少年的心可能为此忽悠了一下，他不能解释他这陌生的忽悠到底源于哪里，他只知道现在他和他的这几个同伴好像不一样了，他也有些后悔跟他们一块儿凑在水站吃那碗油泼面，为什么要让女人看见他手中那碗浮泛着几片蔫菠菜叶的面条？他还觉得他必须要换一身衣裳了。

女人在下午三点听见门铃响，她开了门。少年肩扛水桶站在门口，显得有些怪异。少年还是那个少年，他的脸相和表情都被她认了出来。女人经过瞬间的审视，发现少年的怪异来自他的打扮。上午她并没有注意他的服装，他的服装他的脸相和那间昏昏暗暗的水站相辅相融为一体，天然的合拍，谁还用得着特别留神他的衣裳呢。此时此刻的少年换了装，穿一身于他来说显然过大的西服，簇新的，面料低劣的，没有经过定型处理的，支支棱棱的，把他的脑袋比照得更小，让女人感觉不是少年扛着水桶，而是这套西服本身扛着一桶水。她让他进来，房间里顿时响起一阵巨大的"咯噔"声，女人看看少年的脚，那脚上是一双偏大的硬底皮鞋——他的崭新行头的另一部分。她提醒他换鞋，他像假装没听见似的"咯噔咯噔"一路向前然后拐进厨房，他那由于过长而挽起两折的裤脚堆积在鞋面上，单看这两条腿的下部，仿佛这个人已经松开裤腰褪下了裤子。女人没再坚持要他换鞋，经验使她猜测这少年的脚也许很臭，如同物业公司那些来修暖气和水管的工人，每次他们走后她都要开窗换空气。那么，不换也罢，让臭脚就盛在他自己的鞋里原封离开吧。由于这身并不合体的服装，少年干起活来显得笨手笨脚，他自己浑身上下窸窸窣窣窸窸窣窣，撕扯着水桶上的塑料包装膜也窸窸窣窣窸窸窣窣。当他终于鼓捣清楚，想要抱起水桶将它安插到饮水机上时，女人说，等等。

少年放开水桶回转过身，见女人手里举着一块耀眼的白棉花，蘸了酒精的。她对他说，我要把水桶接口的这个地方消消毒。你的手不要再碰这儿了。

少年说，这些水出厂时瓶口都是密封的。

女人说，谁告诉你的？

少年说，我们老板告诉的。

女人不屑地撇了撇嘴，毫不犹豫地用棉花狠擦起水桶，就像以这个动作告知少年,她不会相信他的老板乃至他们工厂里所谓的"密封"。就在今天上午之前,她还没有要给矿泉水桶消毒的打算;就在今天上午之后,她滋生了这个念头。她并不特别责怪水站设在那么一条污水横流的乱糟糟的街上,你以为你在光线明亮、环境舒适的大型超市里购买的东西都源自光线明亮、环境清洁的地方吗?女人在电视台做着一个栏目的制片人,对这些事情本来知道不少。她弯腰擦着水桶,视线很自然地落在身边少年垂着的手上,这是一双多么脏的手啊,就是这样的一双手,到处送着要被人喝进嘴里的水。女人直起腰来,她想,手中这一百块钱的水票肯定是退不掉的,用完这沓水票之后她一定得换一家。那么,少年的手脏与不脏根本上就和她关系不大了,就像他这身大而无当的古怪的西服和脚上的大皮鞋与她无关一样。他为什么要这样,她并不关心也没工夫关心,下次送水的人也许西服更大,双手更脏。

女人完成了消毒程序,指示少年安好水桶,撕给他一张水票,少年却还站着不走。他磨蹭着不走,是因为有点懊丧。这身"行头"是他中午专门回姑姑家偷出的表哥的礼服,他以为这礼服应该能配得上他下午的送水,出入女人那样的人家,应该有他身上现在这样的衣服。还为了什么?用这样的衣服来抵消上午女人对他们水站的造访吗?来模糊女人看见他手捧着油泼面狼吞虎咽吗?少年没有能力归纳自己脑袋里的乱七八糟,只是一个劲儿地懊丧。女人分明没有留意他的新装，反倒使劲擦起水桶那密封过的瓶口，已经是嫌恶他的意思了。而这少年的内心还谈不上十分敏感，判断力也时常出错，他固执地认为自己的"改头换面"尚嫌不够，他又想起了属于表哥的几件时髦玩意儿。这时他听见女人说，你还有什么事吗？少年解释说他只是想告诉女人，她如果再要水可以呼他，他有呼机。女人有些奇怪地说，你说什么？

少年很为女人的奇怪表情感到高兴，他愿意她对他产生兴趣。他再次告诉她呼机的事。

女人说，你的意思是不是你们水站的电话还有很长时间不能接通？

少年说不是。

那我为什么要呼你呢？女人说。

我是想说，这几天你要是用水就可以呼我。少年说。

用不着。女人说，五天以后你再给我送一桶就行了。

那你不用记我的呼机号了？少年说。

不用。女人回答得很果断。

她有些厌烦这个送水的少年，他以为他是谁？还让她呼他，难道谁都配被她呼吗？即使她真的断了水，和所有水站都联络不上，家中水龙头里流出来的不也是水吗？时间倒退十年或者二十年，女人以及这城市里所有的人喝的是什么？就是自来水管里流出的水啊。在女人更小的时候，她的童年时代，住在一座筒子式的宿舍楼里，所有人家共用着走廊尽头的一只水管，夏日的晚上她从来不在家洗脚，她总是穿着凉鞋到那个共用的水管子底下去冲脚，冲完脚，再就着水管喝一通生水，这是被大人禁止的，大人要求她喝凉白开。但她和她的朋友们都这么冲脚都这么喝水。她们发育正常，没被毒死，成长得也很健康。回想从前女人心中漾起暖意，不过也仅仅是回想而已。如今她已为人母，她决不想让她的宝宝喝着水管里的未达国际标准的生水长大。她的常驻国外做生意的丈夫年节时回家，甚至都水土不服了，烧开的自来水他喝了都会腹泻。所以女人需要有人送水，最终她才能忍受那些送水人。

五天之后，少年又来了，仍然穿着西服和皮鞋，脖子上又添了一条花格围巾，使他看上去格外臃肿。女人为他开了门，接着，一切如同上次。仅在付水票的时候，女人多问了他几句话。也许她只是念他遵守信用，也许她只是没话找话。她问他送一桶水挣多少钱，他说八毛；她问他一天能送多少桶，他顿了一下，很想同这个女人胡说八道一次。然后他昂起头说，最多的时候，他一天送过六十桶水。他想让她不要小瞧他，还要告诉她，他一天挣的并不少。可惜女人是心不在焉的，她不想知道六十桶水对一个少年意味着什么，意味着他要付出多少时间和多大的体力，也不想算算六十乘以八是多少钱。她和他说几句话，只是想填充一下他离开之前的这点空白。所以他胡说八道还是正儿八经对她来说都一样。所以她就顺嘴搭腔地说，噢，六十桶。

女人的顺嘴搭腔以及她搭腔时表情的平淡仿佛伤害了少

年，原来他如此巨大的谎话和谎话里如此巨大的数字都不能震撼女人，甚至，就连引起她嗤之以鼻都不可能。这儿没他什么事儿，这儿从来就没他什么事儿啊。可他为什么还不走呢？他觉得口渴，他对女人说他想喝点水。

女人用下巴朝洗碗池那儿轻轻一点，当然只能是洗碗池那儿，在那个配有粉碎机的双槽洗碗池上方，伸出一只造型别致的脖颈长长的炫目的不锈钢水龙头。少年来到那个被指定的地方，有点恍惚地歪过自己那满是尘土和头皮屑的小脑袋，把嘴伸向那个冷冰冰的龙头。

又是五天过去了。少年的日子不太愉快。他的表哥已经发现自己的西服皮鞋之类不断被少年偷穿，而且弄得挺脏，表哥为此和少年打了一架，从此把自己认为值钱的东西锁了起来。论打架，少年不是表哥的对手，膀大腰圆的表哥一把就能将少年整个揪起来揪得双脚离地。然而打架本身并不可怕，平日里少年最怕姑姑对他说那样的话，姑姑经常抹搭着眼皮对他说，你可是白住在我们家啊，再这样……少年知道下边的意思，他随时可能被赶出姑姑家，要想在这个城市里混，他的前景只能是自己花钱出去租房。但这时的少年，思维是混乱的，情绪处于一种茫然的亢奋，以至于，他刚向表哥讨了饶，表哥刚出家门，他就有一种强烈的要撬表哥的箱子的欲望。他这欲望比他的讨饶更为坚硬，突如其来而又不计后果。他撬了表哥的箱子，打扮好自己，能披挂的一切都披挂在身上，他不仅围上了表哥那条格子围巾，还胡乱抻出一根花领带系在脖子底下。一串穿着折刀、剪子和假手机的花哨的钥匙串他也别在腰上，最后他胆大妄为地拿起表哥的随身听揣进衣兜，把那副黑沉沉的大耳机套上脑袋堵在耳边，他就这样背着姑姑，鬼鬼祟祟，小耗子一般臃肿而又麻利地直奔水站而去。

少年骑车驮着一桶新水去给女人送水，一路上磕磕绊绊。先是后轮胎不知让什么给扎了，他只好推着自行车找修车的补胎。当他再次上路之后，他的耳朵里就灌满了《心太软》的歌声。音量太大了，快要把他从车座上掀下来。这样也好，因为忽然之间少年和周围的一切都没有关系了，汽车，行人，街道，树木，一切都离他远去，只有耳朵里的歌声带着他前行，也许就是那歌儿在替他骑着自行车。少年的视觉、听觉和感觉因此都有些麻木，他被一辆三轮车挂倒了都不知道。这时歌声断了，周围的一切又回到了少年身边。他和他的自行车倒在地上，水桶也滚出去好远。他爬起来，西服和皮鞋沾了很多尘土，随身听怎么摆弄也不再响了，坏了。挂倒他的三轮车已经跑了，幸好水桶没有摔破。少年用铁钩重新把水桶在后车架上挂好，继续前往湖滨雅园。

这是一个安静的下午，少年在第五栋楼门前停好车，拍拍浑身上下的尘土，扛起水桶走进前厅。他直奔电梯间，不幸的是今天电梯出了毛病暂时停开了。对于少年来说，这真是一个不幸：他得扛着五十斤重的水桶爬八层楼梯。也许他应该撤退了，换了别人可以改天再来。但少年觉得自己是没有退路的，他这一身狂热加冒险的来之不易的装束，他这一副虽已摔坏却显示着时尚的耳机，他这一路的颠簸和磕绊，都鼓舞着他不能回头，他必须爬上八楼见到女人。那么，他就开始了。他的过大的皮鞋这时特别显出了不利，沉重而又不跟脚，成为少年上楼的累赘。当他行至五楼时，他觉得耳朵嗡嗡直响，头上满是虚汗，后背已经湿透。他体内的卡路里不足以支付他这种超常的表现，少年休息了三次，才终于登上八楼。

女人听见门铃声，在门镜里认准了少年，打开门。

在她眼里，少年比任何一次都要怪异。他就是一个送水的，而且正在工作中，他这是干什么？一身的西服围巾花领带，耳朵上还扣着一副庞大的耳机。他就像在搬家，或者刚抢劫了一间百货店。肩膀上那桶水反倒退居一切一切之后了。但女人要的就是水啊，这才是她让他进门的理由。

他进了门，有点气喘，直到往饮水机上安好水桶，他一直猫着腰，并且一手捂住肚子。很难判定此时此刻他怎么了，也许肚子疼，也许胃疼，也许哪儿都不疼他只是累坏了。也许他没有累得直不起腰，他就是想用这种姿势引起女人的注意女人的好奇甚至女人的怜悯。引起女人的怜悯，这是妄想了，还有点撒娇的意味，尽管这点意味连少年自己也未必明确。这妄想和这撒娇若被女人看出了，她会轻蔑加恼火，恼火着轻蔑着立即把少年轰出门去。

女人看见了少年的姿势，顺带扫了一眼少年的表情。他说不上阴沉，也不是顽劣，也不像有阴谋，更说不上流里流气——他还根本不具备流里流气的分量。他的脸上有一层似尘似雾的不清洁的薄膜，没有长时间的盯视，很难找出那薄膜后边的稚嫩的底子。这时她是彻底地嫌恶他了。有一瞬间她几乎不觉得他是个人，他是一堆闯进她家的游动着的乱七八糟的怪物。他为什么猫腰捂肚子，她没有兴趣知道。他有病了吗？他又有什么权利在顾客家有病？她递给他水票，告诉他可以走了。

少年接了水票，没有离开的意思。他偷眼看着女人，忽然一阵悲哀。女人今天的头发是蓬乱的，仿佛格外要用这乱蓬蓬的头发来表示对少年这样一个人物、这样一堆"武装"的轻蔑。他就想，凭什么我不能在这儿待一会儿呢？当女人催他离开时，他说他渴了，他要喝点水。他听见了自己的声音，声音有些嘶哑，而那条早已被汗水濡湿的花格子围巾还簇拥在他的纤细的脖子上。他是真的该喝水了。

女人也听出了少年声音的嘶哑，她犹豫了一下，像上次一样，指给他洗碗池。

少年没往洗碗池那儿走，相反他朝贴墙而立的饮水机跨近了一步。我要喝点儿矿泉水。他说。

女人站立的位置在洗碗池和饮水机中间，或者离洗碗池更近些。她和少年面对着面，他们之间的距离大约两米左右。但女人感觉她和他实际的距离比两米要近，因为她感觉到一种模糊而确凿的不祥。敏感的女人在这时仍然愿意自己是强大的,特别在她觉得她受到他人侮辱的时候。少年要喝矿泉水,就是对她的侮辱。她直盯着少年细小的、目光游移的眼睛说,你不能。

少年猫着的腰直了起来,挑衅似的,好像要有什么举动。

一阵踢踢踏踏的脚步声,是女人的孩子,少年曾经见过的那个五岁的宝宝,在这时捧着他小小的口杯到厨房来了。妈妈我要喝水。他说。你躲开!他又对少年说。

少年瞥了瞥宝宝,想起那次送水时这宝宝对女人不满的责问:为什么我总是不能痛痛快快地玩儿呢?啊,痛痛快快!少年今天就要痛痛快快地不给她躲开。

女人神情严肃地要求她的宝宝回到自己房间去。回去。她说。

宝宝就捧着空杯子走了,他不哭也不闹,他一定也觉出了这里气氛的不同寻常。他回去了,还用小手轻轻掩住自己的房门。

女人更加严肃地对少年说,请你出去。

少年彻底绝望了,他知道他要的不是矿泉水,那么他要的是什么?他到底想要什么?他其实不清楚,他从来就不清楚。现在,就现在,他为他这欲罢不能的不清不楚感到分外暴怒,他还开始仇恨他为之倾心的这套西服,这一身的鸡零狗碎。他开始撕扯它们,他的手碰到了腰间那串穿着折刀、剪子和假手机的钥匙串。他一把将刀子攥在手中并打开了它。

刀子不算太长，刀刃却非常锋利。少年用着一个笨拙的、孤注一掷的姿势将小刀指向女人，还忍不住向她逼近一步。他觉得他恨她，他开始恨她的时候才明确了他对她的艳羡。但在这时艳羡和仇恨是一回事，对少年来说是一回事。从艳羡到仇恨，这中间连过渡也可以没有。他就是为了她才弄了这么一身西服皮鞋，而现在这个女人就像西服皮鞋一样可恨。可是他想干什么呢，杀了她还是要她的矿泉水喝？也许都行。此时的少年不能自持了。他甚至不能区分杀一个人和逼一个人给他一口水喝，哪个罪过更大。他没有预谋，也就没有章法，走到哪儿说哪儿。

女人望着逼近的少年，真正意识到了危险。她判断她遇见了一个入室抢劫者。但是毕竟，环境对她是有利的。她略微整理一下内心，尽可能镇静着后退一步倚住灶台，把右手背到身后，够过灶台上的手枪，双手握住，然后出其不意对准少年。那是一支手枪式的点火器，女人的丈夫在国外出差，换飞机时在沙加机场的免税店花四美元买的。现在女人的心发着抖，她却竭力使握着枪的手不发抖，她必须让自己相信这就是一支真枪，真枪实弹就在她的手中。就这样，拿枪的女人和拿刀的少年面对面僵持着，也许三分钟，也许五分钟。

空气像要爆炸，女人觉得她必须说话。枪在手中，她反而可以把声音压得更低。她压低着嗓音拿枪指着少年说，出去！不出去我就开枪。

枪真的吓住了少年。他连想也没想这枪可能是假的。因为女人是高级的,女人的房子女人的汽车女人的生活女人的一切都是高级的,高级到你可以憎恨你却不可怀疑。少年在产生刹那间的溃败感的同时,也产生了对女人手中那支手枪的不可抑制的惊愕。这就是枪啊,枪就是这样的啊!他望着乌洞洞的枪口,开了眼似的半张着嘴,那支手枪仿佛才是他自卑的真正根源,它使他无地自容。有一刹那他几乎想把自己手中那低档的猥琐的小刀抛到身后,它因为低档而更显得猥琐,因为猥琐而格外低档。少年该怎么办呢?他那攥着刀的手已经汗水淋淋,他却不知道他该怎么办了。

少年的犹豫增添了女人的力量,她斗胆用手指搂了搂"扳机",那枪"咔嗒"了两声。她要把这枪弄出点响动,以此加大对少年的震慑,以此轰他快走。虽然,这响动也许会让少年识破这枪的虚假,女人犯着嘀咕,却按捺不住又让枪"咔嗒"了两声。

枪的响动再次让少年惊愕,让他仿佛听见了一声无比巨大的嘲弄,他就彻底地无地自容了。他想松开刀子,他觉得自己就要向女人扑去,向那支被他仰慕、让他眩晕的枪扑去,向着于他来说那遥远而又高级的一切扑去。他果真松开了那让他无地自容的小刀,有时候无地自容的人特别具有一种阴郁而又躁乱的爆发力。一辆"110"警车在这时已经停在楼下,警察很快就破门而入了。是女人的宝宝藏在自己的房间里用女人的手机报了警。宝宝终于有机会真的拨打了一次"110"。

女人听"110"的警察聊起对那个少年的审讯,他们指责他这么小的年纪就持刀入室抢劫,知道不知道这是犯法。少年说他没想抢劫。警察说那你想干什么?每次问到这里少年总是摇头。警察又问你知道什么叫羞耻吗?少年不说话。警察说唉,还有什么能让你害羞呢?少年想了想说,枪。警察说你害怕枪了?少年说不是,她一拿出枪来我就……我只有刀子。警察说你是因为没有枪才害羞?少年又不说话了。在他的脑海里,可能真的镶嵌着一支乌亮的、高级而又神奇得能让他痛快的枪吧,他多么应该是那个持枪的人啊。这时他差不多已经忘记了女人。

女人有时候会怀着凛然的高傲回想起那个少年,他的凶狠和懦弱毕竟给她留下了印象。但他终归不是女人的对手,他甚至不如一个五岁的孩子。并不是所有五岁的孩子都能在紧急情况下口齿清楚地用电话呼救的,女人的宝宝就能。每每想起这些,女人都会紧紧拥抱她的孩子。在以后的日子里,偶尔,当电梯坏了女人只好气冲冲地爬楼梯时,她也会想起那天"110"的警察还告诉她,当时如果不是电梯坏了,他们会到达得更加迅速。那么,那天的少年是扛着水桶爬上八楼的了,女人猜想。少年猫腰捂肚子的形状就会在眼前闪一闪。

那又如何?女人紧接着便强硬地自问。我要为他的劳累感到羞愧吗?不。女人反复在心里说。

不!女人在心里大声说。

逃跑

二十多年前,老宋从北部山区来到这个城市,这个剧团。

那正是城市居民储存大白菜的时代,储存大白菜半是生活需要半是政府号召,因此买大白菜还有一种买"爱国菜"的名义。冬天,大白菜下来了,各户都要买回足够全家吃到来年开春的大白菜。那时的蔬菜市场和居民的关系,就是菜农用大小车辆把"爱国菜"送至各家各户的关系。

一个黄昏,老宋被亲戚领到团长面前。团长正在卸大白菜,一辆胶轮大车正停在单元门口。白菜刚被过完秤,码成齐腰高的一堵墙，少说也有七八百斤。待团长给菜农数完钱，打发他离去，亲戚才对老宋说，这就是团长；又对团长说，这就是老宋。团长不在意地答应一声，只一个劲儿地打捂他的"爱国菜"，显然他是在琢磨怎样尽快把它们运上楼去。老宋看出了团长的意思，问了声：几楼？亲戚替团长回答说四楼。老宋便说：叫我吧。像很多北部山区的人一样，老宋把"我"说成"饿"。说完，他左右开弓地夹起四棵菜就往楼上走。亲戚和团长站在楼前聊起天，谁也不去理会老宋的搬菜运动。当他们再次注意到老宋时，白菜已被搬运一空。这时团长才想到请亲戚和老宋上楼坐坐。他们上得楼来，见白菜正好被码放在团长想要码放的地方——无非是楼梯一侧，门的两旁。

团长领亲戚蹭着白菜侧身上楼侧身进门，把老宋让进客厅，拉开灯。亲戚坐下了，老宋却坚持站着。团长这才有机会仔细打量眼前的老宋。老宋五十岁左右，个子偏矮，阔嘴、大脸，属于那种天庭饱满、地阁方圆的忠厚长相。他的站相儿不是有些山民的瑟缩，他身子稍稍前倾，垂手侍立，像个老杂货店的伙计，仿佛随时都准备从柜台里探出身子，谦逊、热情地侍候来客。团长暗想，这分明是一个干活麻利、不招人讨厌的人——老宋是被亲戚介绍来这团看守传达室的。后来团长便和亲戚讲起他被借调出国赴意大利演出的事。这团常有人被借调出国，但他们并非担任主演，而是去做"武行"，这团的演员武功好，善翻打，跟头翻得漂亮。团长此行便是去意大利翻跟头的。提起意大利，一直不曾开口的老宋突然插了句嘴，说，意大利属南欧，从地图上看像只靴子，高跟的。他把"高跟"说成"高更"。团长笑了，不是笑他的口音，是惊奇老宋的出其不意，聪慧和文化兼而有之的出其不意。不用说团长本人，就是这团文化水平最高的编剧，也未必想到意大利像只高跟靴子。团长的笑给亲戚和老宋都增加了信心，亲戚再添油加醋对老宋的优势做些讲解，诸如家庭情况简单，老伴已去世，一个闺女也嫁了人，他工作起来定会专心等等。老宋的事就这样定了，他成了这团传达室的长期临时工。

老宋任传达的这团叫灵腔剧团，国营。这灵腔在北方虽然不能和京、评、梆、豫相比，但在这一方，这半个省吧，还有着相当的代表性。老一代的名伶，男角就有六岁红、八岁红、九岁红；坤角也出过大绿菊、白茉莉、晚香玉。近几十年有过几次进京调演，几位年轻艺人和"梅花奖"也曾经擦肩而过。灵腔还参加过数次省剧地位的竞争，虽未成功，但毕竟又给这剧种增添了一些光彩。在剧场艺术不景气的大形势下，灵腔团却磕磕绊绊地生存了下来——当然，每年的四百场"野台子"，是维系他们生存的主要方式。

老宋在团里的任务是传达、收发，兼烧一个开水锅炉。中国人对开水本来就情有独钟，开水对艺人则更显重要。演员进排练场之前，水瓶子里的茶叶必得先用开水沏上，之后随喝随续，一续一天。不光演员，家属们也需要定时定点打开水，届时或拎壶或提桶，鱼贯来到老宋的锅炉房。打开水，对于一个剧团，乃至对于每一个有单位的中国人，真是一件实实在在、心照不宣的便宜事：开水，白打！老宋也深知这点，所以他对人们的开水观就格外重视。每天早、中、晚，锅炉不仅定时定点烧开，温度也绝对可靠。那时，老宋还必得站在当院，亮起大嗓喊几声："水开了！"老宋所站的当院，正是这团一面为办公楼，一面为宿舍楼，一面为排练场的三面合围的中心地带。老宋一喊，果然人们都坐不住了，即使有的人家暖瓶正满着，老宋的喊也会让他们心动地再去打上一锅——端回家可以把脏污的下水道冲冲，开水冲油污，有劲儿。再说，老宋的喊里是有称谓的，这称谓似更能激起人们对开水的热情。为了这称谓，当初老宋还颇费了一些心思：他当怎样称呼他们呢？喊团长水开了？他却不能只招呼团长一家，那岂不是眼里只有领导么——这不符合老宋的做人准则。喊演员们水开了吧，这楼里还有不是演员的职工。喊同志们，同志们水开了，又仿佛把自己摆错了位置，仿佛是一个领导在向大伙儿发命令。什么也不说呢，就喊水开了水开了，可那是一种对所有人的失礼。发愁的老宋沉思良久，最后想起了一个称呼：老师。老宋最尊敬的人莫过于老师了，自己那点有限的地理知识，就来源于他在乡村初中时的老师。那时，他最喜欢的课就是地理课。后来因为家境不好，他只念到初二。现在老宋决定将全团干部演员职工家属统称为老师。老师这个称谓毕竟谁都不反感，演员听了高兴，领导和职工家属也不会挑理，无亲疏远近之嫌，无厚此薄彼之意。于是，老宋就站在院子当中开始了他的呼喊：老师们水开了！老师们水开了！

时间久了，团领导竟把老宋的呼喊固定成最好的因事召示全团的形式。比如开大会，比如演出出发前的装车，比如年节时分大米，比如和哪位老艺人的遗体告别，都是老宋站在院中呼喊：老师们开会了！老师们装车了！老师们分大米了！老师们和九岁红老师告别了！九岁红的后代听出了别扭，想去找领导反映，一位唱小生的老夏说，今天的追悼会就靠了老宋这一嗓子，开得多热闹。你要靠领导通知，人们十有八九不到，你说哪个划算？

不过，这并不是说老宋是一个喜爱喧闹的人，相反，他沉默寡言的时候居多。他的语言似是很金贵的，不像他的两条腿那样勤快。每天，他按时出入各个办公室和排练场分发报纸、杂志、信件。他步履轻捷，悄无声息，就会把报纸、杂志分送给该送的人，且从未出过差错。就连家属中第二代乃至第三代所订的名目古怪、图文花哨的报刊，他也会毫无怨言地亲自送至他们手中。那时他只有两个字：你哩。他把"你的"说成"你哩"。除了分内的事，分外的事老宋也没少做。二十多年，光是搬白菜，这团里有谁家没让老宋帮过忙呢？没有。后来，储存大白菜的时代终于过去了，但这团里的家属们需要老宋帮忙的事情却没有过去。五楼的人们说，老宋，帮我把这罐煤气扛上去吧。三楼的人们说，老宋，我买的沙发来了，你给搭把手吧。一楼的人们基本不用老宋帮忙抬东西，但有几位妇女喜欢织毛衣。天气热的时候她们坐在院子里，坐在传达室门前的树荫下忙手里的活计，见老宋有空，就喊，老宋过来，给我架着毛线。老宋坐在小板凳上一边和女性家属面对着面缠毛线，一边静静地听她们聊天。有时她们也打趣他，说，老宋，你看上我们当中的谁啦，我们就照着模样给你"捏摸"一个。老宋落寞地笑笑，撑着毛线的双手撑得更开，猛看去，好像要抱住眼前的谁。这场景就在众目睽睽之下，却从来没人说闲话，就因为坐在对面的是老宋，老宋的人品这团里的人是心中有数的。

老宋管传达，管收发，管喊老师们打开水，管各家轻轻重重的琐事，有时还兼任团里的炊事员。逢团里赶台子演出时，炊事员临时有事走了，老宋就来了。老宋一锅煮五六十号人的面条，不夹生，不煳锅；捞出面条，再切十五斤黄瓜的菜码儿，面条都不见"坨"。当演员们脸上带着妆拿着大碗打面条时，老宋每一把抓起的菜码儿黄瓜丝不会差出三五根。演员们都夸老宋分菜码儿没偏向。

老宋在这团里自然是被人喜欢的，但他并非同谁都一团和气。遇到真正较真儿的事，老宋从不丧失原则。他会毫不客气地对一位端碗打饭的旦角儿说，哎，你等等，今天你脑门上的小弯儿可没贴正，第四个、第五个小弯儿应该紧贴眉梢儿。他也会突然对一位光着膀子的男演员说，要是在台上，你可不能嫌热就不穿"胖袄"。唱小生的老夏在这团里算是老宋的好友了，老宋照样会在某些时刻叫老夏下不来台。有一回，他突如其来地问老夏，夏老师，你演过《吕蒙正》没有？老夏说演过。老宋说，你把出场那四句唱，给我唱一遍听听。老夏说，你这是考我，我给你念念吧。吕蒙正是个穷生，上场四句唱是这样的：天无事星斗浑，地无事草无根，君子无事大街上混，凤凰无事落鸡群。老夏念完问老宋有什么破绽，老宋说，从字音上听没什么破绽，我是问你天无事是哪个事？老夏说事情的事呗，还能是哪个事。老宋道：错了，应该是形势的势，势力的势。这四句唱是说天、地、人，也包括凤凰，失去了势力一切就变样了。老夏不服老宋，坚持他的"无事"说，并要求老宋和他一块儿去问团长（那位当年买"爱国菜"、现已退下来的老团长）。两人找到团长，团长说，都是跟师傅模仿的音儿，说不准。出了团长的家，老宋说，翻跟头的事儿你问团长行，这件事终归你得问我。老夏琢磨出老宋有道理，就说我请你喝酒吧。老宋说，我得回传达室喝疙瘩汤。

后来老夏还是追到传达室邀请老宋去他家喝酒，推开门，见老宋正蹲在地上，直接就着一口铁锅呼呼地喝疙瘩汤。在从前，这团里的人们好像谁也不曾留意老宋怎么吃饭又吃些什么饭。其实老宋一直就这样吃饭，蹲着，就着一口锅。就像从前在老家，在山上，在屋檐下的台阶上，在场院里。那时他有家，有女人。现在他只有一个自己，怎么吃不是个吃呢。必要时他甚至可以连碗都节约掉，直接从锅里舀着吃，也省得刷碗了。老宋给团里煮面条、分菜码儿一丝不苟，自己吃饭可就潦草多了。这使老夏心里挺不是滋味儿，他看着老宋的吃相儿，看着他那白菜帮子似的脸色，提醒老宋说，老宋，咱们得讲点营养，看看你的脸什么色儿？白菜帮子色儿。你得吃肉。

对老夏表现出的友情，老宋却持比较谨慎的态度。不是不想领受，是觉得自己和他们毕竟不是一种人。友谊这东西，须建立在平等基础上。就对这个问题的思考而言，不能说老宋浅薄。老宋对老夏的提醒，只有一搭无一搭地听着，心想我还不懂营养？人体每天所需热量至少是两千大卡，我离这还差得远哩。我讲营养，我那乡下的闺女呢，我那外孙子呢。慢慢地，他只向老夏诉说了一些家事。他那嫁了人的闺女，嫁的是一个更穷的地方的懒人。前几年那人忽然扔下老宋的闺女和一个刚满月的孩子走了，不知去了哪里。闺女的日子很难，处处得老宋接济。老夏明白了：怨不得。又过了些时候，老宋的闺女领着他的外孙子到这团里来看老宋，老夏想，唔，这是挤老宋的疙瘩汤来了。

老宋的闺女，看上去有点闷头闷脑，穿一身乡村集市上买来的墨绿色假警服——那些年乡村中的男女很喜欢穿假警服，肩上钉着似是而非的肩襻儿；春秋单穿，冬天就罩上棉袄。老宋闺女的假警服里就套着红花棉袄。棉袄肥，警服瘦，警服把棉袄勒得下摆都冒出来。老宋的外孙当时刚及上学年龄，和母亲一样，穿一身儿童号码的假警服，自觉站在这院里就有了威风。在老宋看来，日子虽难，可也算天伦之乐。有时闺女也给老宋包饺子，馅儿里没肉，只放些白菜和虾皮。闺女的手艺也不济，饺子包得"坐"不住，都瘪瘪地仰在盖帘上，俗称"仰巴饺子"。可那毕竟是饺子。那时闺女在屋里包着饺子，外孙在院里跑跳。老宋看看屋里，又看看院里，他是满足的。当外孙捡起一个扔在院里的破足球就踢时，老宋以进城多年的观察力，看出了外孙踢球姿势和跑跳姿势的村气。他发现外孙跑时胳膊端在两肋边不摆动，脖子生硬地僵直着，上身向后捎，肚子朝前挺，仿佛他不是用腿在跑，而是用肚子在跑。当他起脚踢球时，便缩起脖子，咬紧牙关，好似蹬踹一块石头。老宋告诉外孙，踢足球学问可大哩，可不是你这样。外孙就问那是啥样？老宋知道一句话讲不清，自己又不会示范，便说，先照着你的样式踢着玩儿吧。临走，外孙非让老宋给他买个足球不可。老宋没给外孙买足球，他想，一个球就是一个月的粮食钱，目前全家人急需补充的是卡路里——热量。

光阴像箭一样。

老夏要退了，老宋也更老了。他走路不再是快步，有点拖着腿的样子。当他走过来，人还没到眼前，你就能听见鞋底蹭着地面的嚓嚓声。时代在变，这个团也不断改变着一些旧习惯。比方遵照市政部门"天要蓝，水要绿"的要求，取消了开水锅炉。这使老宋轻松多了，他再也不必老是惦记着站在院里喊老师们打开水了。他开始在别的方面出错儿，他的记性差了,有时候会把张三的信送到李四的办公室去。有时候团长让他喊开会,他也忘了喊。但是这团的人们念着老宋的为人和他的孤单,他们没有辞退他,他们对他的出错儿持宽容的态度。是人哪有不出错儿的?而且他们假装没看见他的出错儿。直到有一天,老宋的腿不争气地真出了大毛病。

二十多年老宋没有病过,白天尤其不愿意躺在床上。那个白天他躺下了,还叫来了老夏。他对老夏说,我得上医院。

老宋的腿病老夏早就知道,他患的是左下肢周围血管综合征,俗称老烂腿。老夏也知道,老烂腿不及时根治,还有截肢的危险。从前老夏替老宋瞒着,现在是瞒不过去了,老宋的腿肿得像檩条,淌着脓血。老夏用自行车驮着老宋去了医院,医生为老宋检查之后说尽快手术吧,保腿要紧。老宋问手术得多少钱,医生说,一万五左右,要看手术难度和住院时间长短。老宋说怎么这样贵,医生说,这种周围血管病,血管要一根一根地收拾,神经要一根一根地接上,接哪根神经不得几十块钱?老宋对老夏说,咱们回去吧。

一万五千块,对老宋来说这是个天文数字,他全部的积蓄连一百五十块钱也不到。回到传达室,他不再往床上躺,只是坐在椅子上发呆。半天,老宋对老夏说,由它去吧,反正我也老了。哪里黄土不埋人,我也该叶落归根了。老夏说,你说到哪儿去了,哪有过不去的河?

老夏安慰了老宋,但要过河谈何容易。他想去找领导,转念又想,这可不是领导一拍板会计就点钱的事。一个刚够发工资的剧团，不用说临时工老宋，老夏自己口袋里就经常装着报不了销的药费单。这样，他走到办公楼前就站住了。当年老宋呼喊"老师们水开了""老师们分大米了"……的时候就站在这里。老夏站在这里，心中涌起一股子说不出的热望，他想，何不把老宋的事用老宋的办法召示一下全团呢？第二天，办公楼门前贴出了一张告示，上写：尊敬的老师们，目前老宋遭了大难，请大家都献出些爱心吧！接下来，告示写明了老宋的病情及所需费用的数目，请大家量力而行。末尾的署名是老夏本人。老夏写给全体老师的告示果然在这团里发生了效应，全团上至团长，下至演职员工及家属都献了爱心。

老夏走家串户，挨门敛钱，折腾了几天，却只敛够了那个数目的一半。于是他又把从前在这团里工作过、后来调走的人列了个名单，骑上自行车，到这城市的四面八方去找这些人。老夏见到他们，口沫四溅地叙述着老宋的不幸，以唤起他们更大的同情。其中一位从前在团里搞灯光，后来自己辞职出去卖音响的青年慷慨解囊，答应其余的钱全部由他出。他说，从前在团里工作的时候，他正在搞对象，每天夜里两三点才回来。每次敲大门，睡梦中的老宋都会及时从床上爬起来给他开门，而且既不打听，也不抱怨。团里要给这青年处分，找老宋作证，老宋说没见这青年晚上出去过。这青年对老夏说，就这一条，我终生不忘，我太太知道也得找老宋去磕头。

老夏成功了，他用一个星期的时间，为老宋筹集到一万五千八百六十二元人民币。为此，他专门找到现任团长，邀团长同他一道去给老宋送钱。一来显得郑重，二来也算有个旁证，团长可以证明他把捐来的钱一分不差地奉献给了老宋。两人于当晚来到传达室，将这笔钱郑重地交给老宋。

老宋激动得说不出话来，耳朵嗡嗡作响，身子像坠入云中。眼前的两张脸影影绰绰似有似无，声音也远得不行。唯有那厚厚的一摞钱铺天盖地堵在眼前，那不是别的，是真钱啊，那是老宋一辈子也没有见过的钱，一次，这么多。

老宋一夜没睡，他数了一夜钱。他把它们分门别类再排列组合；他一张一张地抚摩它们，一张一张地在灯下照它们，一张一张地把鼻子凑上去闻它们。一些新钱嘎巴嘎巴响得很脆，在沉静的黑夜里惊天动地；一些旧钱散发着微微辛辣的油腻味儿，或者黏黏的霉潮气。即便一张两块钱的旧票，压在掌上也是沉甸甸的，直压得他掌心下坠。老宋数完钱就开始想心事，他想，难道他的腿真有病吗？难道他真的要把刚刚数过的这些东西都扔给医院吗？想着想着，他忽地站了起来，伸出左腿上下打量着它，或者叫作掂量着它。他决心不再相信这条肿得檩梁似的腿是条病腿。为了证实自己的见解，他给自己摆了一个很奇怪的姿势：他右脚离地，单用那病肿的左腿撑起全身的重量，他竟然金鸡独立般地站住了。他又做了几下类似儿童踢毽子、跳房子之类的动作，居然也做出了。接着他想起演员练功时的大骗腿、打飞脚、旋子这些用腿做出的高难动作，他依次模仿起来，形态虽然怪诞，却是悲壮。这些动作将老宋折腾得激动不已，直到他稀里哗啦摔在地上，一个形象才确凿地来到他的脑海中，他双手掐住他的病腿想，这哪儿还是一条腿啊，分明是一条烂冬瓜。传达室的灯亮了一夜。

早晨，老夏吃过饭，就来叫老宋去医院。双眼布满血丝的老宋说，我想等一天，等我闺女来了也不迟。老夏觉得有道理，动手术是要家属签字的，老夏终归不是老宋的家属。

这天晚上传达室分外安静，老宋八点钟就熄了灯。第二天，当老夏又来传达室催促老宋赶快去医院时，发现传达室已空无一人。老夏骑车赶往医院，医院并没有老宋。为老宋做过检查的医生说，那个病人来是来过，又走了。老夏说，他不是来住院做手术的吗？医生说不是，只是问做静脉修复术便宜还是锯腿便宜。医生告诉他当然是截肢手术便宜，两三千就够了，他听完就走了。老夏回到团里，又来到传达室，先发现窗台下的桌子正中摆着一串钥匙。老夏认出，这是老宋掌管所有门户的钥匙。再细看，见老宋的床上被褥没了，一只放衣服的白色小木箱没了，地上的铁锅也不见了。老夏想，这是走了。他不忍心用逃跑来形容老宋。

自此老宋就从这个灵腔剧团和这个城市消失了。

老夏终于气愤起来，团里的老师们也气愤起来，老宋的不辞而别显然是愚弄了他们。他们那一片爱心呢？他们的钱是血汗钱，冬演三九，夏演三伏，一天三开箱。尤其让老夏不能容忍的是，人们纷纷在他面前发些抱怨。人们对他说，没想到，真是没想到。人们对他说，真是知人知面不知心。告示可是你贴的。说得老夏一激灵一激灵的，好像是老夏骗了大伙儿的钱，并且协助了老宋的逃跑。老夏去找团长，要求团里派人把老宋弄回来，把事说清楚。团长说，一个临时工，怎么去弄？他和团里连个书面协议都没有，人家本是来去自由的。老夏想起当年老宋的到来是靠了一个亲戚的介绍，那亲戚当是住在本市的。于是老夏七拐八拐又找到了老宋的那位亲戚，向那亲戚述说了事情的来龙去脉，情急之中嗓门就有些高亢，像要吵架。最后他态度鲜明地向亲戚宣布说，老宋的这种做法不仅是对自己的身体不负责任，而且伤害了团里所有同志的感情。

老宋的这位亲戚对老夏的慷慨激昂并不买账，说，同志们为老宋捐款，我在这儿替老宋谢谢大伙儿了。你说伤害感情，话就扯得有点远。钱不是老宋逼你们出的，是你们的自愿。自愿把钱给了老宋，钱就当属于老宋。老夏打断亲戚说，可那钱是捐来专为给他治腿的。亲戚说，他不是已经治了嘛。老夏说，他是怎么治的？亲戚说，不瞒你说，他回老家第二天就去县医院把腿锯了，那儿更便宜，两千不到，无须住院，随锯随走。老夏惊呼道，我娘哟！亲戚说，腿在他自己身上长着，怎样处置自然是他自己说了算。他这么盘算又有什么过失？剩下一万多又有什么不好？一个乡下人，又是穷闺女，又是穷外孙子。

老夏没有再和老宋的亲戚矫情，却也没有被这位亲戚说服。他只是，只是久久地愤怒难平，疑惑难平。他难以相信那亲戚的话是真的——锯条人腿怎么也不能像锯条板凳腿那么简单。不久，团里有人从北部山区演出回来，告诉老夏说在新开发的一个旅游景点看见老宋了，老宋坐在一个小铁皮房子里卖胶卷。老夏忙问：腿呢？他是一条腿还是两条腿？演出的人说没看见，他坐在窗口，只能看见上半身。

老夏决心去做一次北部山区的旅游，他很想亲眼目睹那逃逸的老宋之现状，很想用这亲眼目睹来刺激起对方的尴尬、难堪和愧疚，他并且要直接领受对方这尴尬、难堪和愧疚。好比一个专测人隐私的暗探，又如同一个追踪犯人的警察。不能说老夏这按捺不住的想法有多么厚道，可也不能说他这想法完全不合情理，毕竟他为保全老宋的腿出过大力。他坐上长途大巴，经过了六个多小时的旅途，到达了老宋的家乡，到达了那个新开发的旅游景点。他下得车来，直奔车站周围那一片出售旅游纪念品的小商亭，几乎没太费劲，他很快就发现在一个小铁皮屋子旁边站着老宋。老宋挂着双拐，正指挥一个健壮的年轻人往小屋里卸货。老夏的目光停在老宋的下半身，左腿那儿空着，挽至腿根部的空裤筒好像一团揉皱的揎布。这使老夏心中涌上一股酸涩，一时竟想不好到底该不该去和老宋打招呼。

挂着拐的老宋也看见了站在不远处的老夏，顿时停下对那年轻人的指挥，木呆呆地愣在那里。接着，老夏在老宋脸上找到了他想要找的表情：尴尬、难堪、愧疚，还有受了意外惊吓的恐惧。这使老夏想到，老宋到底是个有文化的人，深深懂得自尊。可他还是不知如何上前去同老宋打招呼。突然间，老宋撒腿便跑，他那尚是健康的右腿拖动着全身，拖动着双拐奋力向前；他佝偻着身子在游人当中冲撞，如一只受了伤的野兽；他的奔跑使老夏眼花缭乱，恍惚之中也许跟头、旋子、飞脚全有，他跳跃着直奔一条山间小路而去，眨眼之间就没了踪影。

正在卸货的年轻人不知出了什么事，看着近前的老夏说，你是不是认识我姥爷？老夏说是，我们是老……朋友。年轻人说，你好像把我姥爷给吓着了。老夏答非所问地说，你是老宋的外孙子吧，十几年前我在我们团里见过你。那会儿你还小呢，在院子里踢球。外孙子说，原来是这样。那我姥爷为什么一看见你就跑呢？老夏想了想，说，也没准儿你姥爷是给我买肉吃去了。外孙子说，看着你怪渴的，喝一瓶康师傅冰茶吧，你是我姥爷的朋友，不要钱。

老夏说不不，你们不容易。外孙子说，现在好多了，我姥爷从城里回来才开了这个小卖店。那会儿我让姥爷给买个足球他光说没钱，敢情攒了一万多呢。老夏问这个店一天能赚多少，外孙子说赚个六七十块吧。老夏想，五天就能赚出看传达室一个月的钱了。外孙子把冰茶递到老夏手里，老夏坚决不要。外孙子又说，那你拿上一张旅游图吧，看图旅游省得迷路。这里的山水很好看。

老夏接受了外孙子赠送的旅游图,他把它打开,外孙子热心地指着图上的几处,再次介绍说,这里的山水很好看。老夏似是而非地看着地图,他似乎什么也没有看见。外孙子指着地图又说,你看我们这块地方像什么物件?老夏说看不出来。外孙子说,像只靴子,高更(跟)的。我姥爷告诉我的。老夏细看地图,这才看出老宋家乡的形状正好比一只靴子,如同当年老宋对意大利的形容一样。他想,这地方如果没有开发,就不会有人为它绘制地图,热爱地理的老宋便终生也不会知道,他的故乡在地图上也是一只靴子。

这本是一个让人愉悦的话题,只是,老夏似乎再也没有机会同老宋讨论这个话题了。

咳嗽天鹅

天越来越冷了。早上，刘富蜷在被窝里拿被头围住下巴，一边不愿意起床，一边又想着，今天无论如何得看准机会再给省城的动物园去个电话。天真是越来越冷了，院子里那只天鹅，说什么也要给动物园送去。

刘富在镇上给镇长开车。这镇是个山区穷镇，镇长的车是辆二手"奇瑞"。车到刘富手里时，已经跑了快三十万公里了，可刘富照样把它拾掇得挺干净。前一位司机在车门上拴了根聚乙烯绳子，绳子上搭着擦汗的毛巾。刘富看着很不顺眼：这可是轿车啊！轿车又不是工棚，哪有随便往轿车上拴绳子的！刘富一边在心里强调着"轿车"，一边扯掉绳子，把毛巾扔到远处——他嫌那毛巾的气味不好。

刘富爱干净，像是天生的。小时候，他最怕阴天下雨。那时他站在屋门口，眼看着雨水和着院子里的鸡屎、猪粪、柴草、树叶，把院子下成个脏污的大泥坑。他不肯向这泥坑下脚，为此甚至不打算去上学。有一次他还气愤地大哭起来，让家人以为他突然受了什么惊吓。后来他长大了，离开他的村子去省城当兵，在部队学会开车，并被选中给省军区一个副政委当驾驶员。虽然刘富最终还是回到家乡的镇上，但他毕竟去外边开过眼界。他变得更爱干净，并且滋长着一点儿从前并不明显的小傲气。比如他经常对香改说："就你，要不是为了让我妈高兴，打死我也不会娶了你。"

香改是刘富的老婆，人长得好看，却生性邋遢，手脚都懒。结婚之后，刘富从来没在自家的大衣柜里找到过要找的衣服。那衣柜永远是拥挤混乱的，要么是某只袜子挤住合页使柜门怎么也关不住；或者一拉开柜门，里边的衣物犹如洪水猛兽奔涌而出，劈头盖脸倾泻在刘富身上。这很让刘富受不了，就为了这个，他和香改闹起离婚。女儿没出生时就闹，生了女儿还闹，最近三年又一直闹。香改终于抵抗不住刘富的坚决，好比刘富爱干净一样，香改爱邋遢，也像是天生改不了的。所以有一天她说："离就离，缺了鸡蛋还不做槽子糕了！"意思是，没了你我也能活命——说不定活得更好。刘富说,话已出口可不能翻悔。香改说,知道你还惦着人家副政委的闺女呢!刘富说,哼,司令的闺女都不在我的考虑之内!香改说,这家真是盛不下你了!话没说完突然大声咳嗽起来,从此这咳嗽没有一天断过。香改的咳嗽咳得刘富脑仁儿疼,当他脑仁儿疼的时候他甚至看见了脑仁儿的样子,就跟核桃仁儿差不离吧——这附近的山里出产核桃。香改咳嗽着索性躺倒在床上什么也不干了,包括不再给刘富做早饭。

现在,刘富钻出被窝洗漱完毕,空着肚子来到院里,西屋响起香改的咳嗽声。一明两暗的三间房,刘富住东屋,香改和女儿住西屋。刘富朝东窗根望望,那儿有个半人高的临时小窝棚,是刘富给天鹅搭的。那只天鹅,刘富一睁开眼就想起的天鹅,在这时好似响应着香改的咳嗽一样,从窝棚里伸出雪白的长颈也"咳、咳、咳"地高声叫起来,又仿佛是同它的临时主人刘富打着招呼。每逢这时刘富就想:怨不得这天鹅名叫咳嗽天鹅呢!一叫还真像咳嗽一样,可真不怎么好听。

这只天鹅是镇长送给刘富的。两个月前刘富和镇长去了一趟内蒙古的蓝旗看亲戚,临走时镇长的亲戚用个竹筐把天鹅装上,塞进"奇瑞"的后备厢,对镇长说,每年秋天都有天鹅群经过他们村边的大洼飞往南方过冬。那天他去大洼里拾野鸭蛋,发现了芦苇丛里这只天鹅:耷拉着脖子,毛耷着,一看就是只病鹅。亲戚说他知道天鹅是珍贵动物,就把它弄回家想先给它治治病。可它不吃不喝一个劲儿拉稀,村中兽医也不知怎么对付天鹅。有村人说,眼见着活不了几天了,等它死不如杀了吃肉。亲戚说他下不去手啊，正好你们来了，就给你们捎上，我也就眼不见心不烦了。

天鹅随镇长离开蓝旗，乘坐"奇瑞"奔跑八十公里来到镇长的镇上。刘富把车在镇长家门口停稳，下车打开后备厢，掏出装着天鹅的竹筐就往镇长院里走。镇长却用身子挡住院门说别别别，这天鹅就归你刘富了。刘富说这么贵重的东西我不能要。镇长说你看我忙成这样哪有工夫管天鹅呢！刘富说人家不是叫你杀了吃呀！镇长说，你听说过那句老话吧：癞蛤蟆想吃天鹅肉——妄想。咱们是俗人，不敢乱吃。我要是吃了它，不是找着当癞蛤蟆啊！

镇长把话讲到这个份儿上，那不由分说的口气，和他那位蓝旗的亲戚不相上下。刘富便不敢不接下这天鹅。他拉着天鹅往家走，心里有几分恼火。平白无故的，怎么就非得他来管这只天鹅呢？因为从小讲究干净，刘富连家里养的猪、羊、鸡、狗都不靠近，现在带只病鹅回家，可真不是像歌里唱的"出于爱心"，无可奈何罢了。他打算过几天怎么也得把它给出去。

天鹅来到刘富的家，刘富的女儿热烈欢迎。女儿正念初中，立刻上网查了天鹅的资料，对照着家中这只活生生的鹅，她得出结论，它的学名应该是大天鹅，也叫黄嘴天鹅、咳声天鹅，属鸟纲，鸭科。全身羽毛雪白，身体丰满，嘴基部是黄色，且延伸到鼻孔以下，嘴端和脚呈黑色，腿短，脚上有蹼。主要生活在多芦苇的湖泊、水库、池塘中。全球易危物种，国家二级保护动物。女儿把这些信息告诉刘富，刘富听得清楚明白，尤其记住了"咳声天鹅"四个字，只是把"咳声天鹅"听成了"咳嗽天鹅"，从此没改口。

天鹅来到刘富的家，虽然还是无精打采，不吃不喝的，却一时没有被刘富"给"出去。刘富虽然对它很不耐烦，但还是和女儿研究起怎么给它治病。网上显示的资料说天鹅容易患肠胃炎，刘富蹲在院子里观察天鹅，猜这天鹅说不定得的是肠胃炎。刘富自己就常闹这病，司机的生活不规律，大多都有这病。刘富大胆给鹅用药，氟哌酸加黄连素，只两天，这只天鹅竟然好了起来，也吃也喝了，那咳嗽一般的叫声也亮堂了。天鹅该吃什么也是女儿从网上查得，它爱吃水生植物的根、茎、叶和软体动物，昆虫、蚯蚓什么的。这使刘富想起镇长那位内蒙古蓝旗的亲戚，天鹅就是病在那儿的芦苇丛里。可惜刘富这山里小镇缺的是水，和水有关的植物、动物实在有限，蔬菜也卖得很贵。头两天女儿只喂了它剁碎的白菜帮子，觉得没营养，就又上网查。这次查到了省城的动物园，动物园里有个天鹅馆，天鹅馆里的天鹅吃油菜、白菜、胡萝卜、鸡蛋、蚯蚓，还有掺了维生素的玉米粉什么的。刘富对女儿感叹说，这比人吃得也不差呀，就说鸡蛋吧，你爸也不是天天吃呢。

刘富不是不爱吃鸡蛋，他对饮食的安排自有一套算计。给镇长当司机就免不了随镇长出去吃喝，地方越穷，吃喝风越盛。刘富在家粗茶淡饭，好吃的都留给女儿，再馋也硬扛着。攒足了劲儿，在外边吃喝时便不遗余力，每回都把自己撑个半死。香改和女儿都知道刘富的算计，香改的炊事本领本来不强，更乐得省心省力。特别当她明确同意离婚以后，常回娘家去住，干脆就不给他做饭。香改的娘家也在镇上，女儿放了学就去姥姥家吃饭。现在一只天鹅就得每天吃家里一个鸡蛋，刘富很心疼。可他又知道，女儿要什么是不管他心疼不心疼的。再说，这天鹅在家里养了些日子，还显出和刘富挺亲，每天早晨刘富一出屋门，它准在东窗根的窝棚里"咳、咳、咳"地大叫几声，问好似的。常常在这时，西屋的香改也会咳嗽起来，好似迫不及待和天鹅比着赛。刘富不为天鹅的"问候"所动，他只觉得自己倒霉，稀里糊涂家里就添了女人的咳嗽和咳嗽的天鹅。

转眼间，天鹅来到刘富的家已经两个多月。一天早晨，刘富在院子里迎接了天鹅的问候之后，就见它步履踉跄地从窝棚里钻出来，站也站不好，走又不敢走似的。刘富蹲在地上仔细观察，立刻发现了问题：这天鹅的脚蹼已经干裂。刘富的脚就在这时也突然不自在起来，脚趾缝之间像有利刃在切割，凉飕飕地刺痛。女儿放学回来，刘富催她赶快上网再查。原来天鹅只能旱养两三个月，离开水过久脚蹼就会皴裂。刘富这才用心想想"候鸟"这个词。天鹅是候鸟，刘富的小镇既寒冷又没水，能管天鹅一时，却管不了它的一世。

哪里能管它的一世呢？刘富问女儿。女儿想了想说：动物园。

省城动物园有个天鹅馆，专门养天鹅的。刘富见过网上的图片，天鹅在馆中的水池里嬉戏。女儿在网上查到了天鹅馆的电话，写下来交给刘富说，可以给他们打电话，就说我们有一只天鹅要送给他们。

刘富接过电话号码，心想这网啊真是个好东西，天下没它不知道的事。又觉得女儿也挺不简单，小小的人儿，已经能指挥老子了。

刘富没有在家里给动物园打电话，他也不用自己的手机联络这样的事——不划算。他到镇政府办公室用公家的电话和省城联系，有点儿偷偷摸摸，可也无伤大雅。刘富每次用公家电话时都在心里鼓舞着自己说，谁也不能说我这就是私事。从根儿上说，这天鹅的事本来是镇长的事。刘富一连打了很多天电话，终于有一次打通了省城动物园的天鹅馆，接电话的是位男同志。刘富问他贵姓，对方说免贵姓景。刘富说景馆长好。对方说我们这儿不叫馆长叫班长，刘富说景班长好，然后就说了要送天鹅的事。景班长说对不起我们不直接从私人手里收养天鹅。刘富说可是它的脚蹼都裂了呀，我们这地方又没水，看着怪可怜的。景班长说我告诉你个号码，你给野生动物保护协会打电话，我们只接收他们批准派送的动物。

刘富就给野生动物保护协会打电话。几天之间打了五次，到第六次通了。刘富说了自己的意思，对方问了刘富的姓名、年龄、职业、住址，又问天鹅的来历、外貌、年龄。刘富一一作答,唯一答不上来的是这天鹅的岁数。最后对方说考虑考虑再决定给他开介绍信。

过了一个礼拜,眼看着腊月近了,野生动物保护协会还没消息。刘富就又去办公室打电话,问对方是不是批准他往动物园送天鹅。对方说我们没见这只天鹅,不好下结论是不是能送给动物园。刘富说那你们可以来看看。对方说你那个镇离省城二百多公里,我们为了看一只天鹅得花多少行政成本啊!刘富有点儿不悦,说,你们这个协会不就是保护野生动物的吗?不在这上花成本你们还干什么呀!对方听不得这个,啪地挂断了电话。刘富听着电话里的忙音,觉出自己的话太硬,弄得事没办成还伤了和气,这电话怎么说也还得打。

就又打。再打电话刘富低声下气的,说了很多他们这里养天鹅的难处。又经过十多天四五个回合,对方不再坚持要求目睹天鹅,终于答应刘富,批准他把天鹅送往省城动物园,并说念刘富这样执着,介绍信也免开了,他们会直接通知那位景班长,他们和动物园有业务关系。

于是,这个寒冷的早晨,香改和天鹅一块儿咳嗽起来的早晨,刘富赶紧又去镇政府办公室给天鹅馆的景班长打了电话。景班长在电话里说,他已经接到野生动物保护协会的电话。还说我算服了你了,为这么一只天鹅,你看你打了多少电话啊!什么时候把天鹅送来,我请你喝酒。

刘富终于等到了去省城的机会——司机是不乏这类机会的。镇长一个在省城的亲戚生病住院,想吃这里的特产——

土鸡和紫心地瓜。镇长就派刘富开车把地瓜和土鸡送往省城。

晚上，刘富对女儿说了动物园要收下天鹅的事，女儿说，明天早晨我要再喂它一个鸡蛋。然后，刘富又把香改叫到东屋说，明天你也跟我去趟省城。你那咳嗽从来也没好好治过，离婚之前，我得给你把咳嗽治好。香改不吭声，不吭声就是同意。兴许住娘家让她住出了甜头——娘家人不挑剔她邋遢，一回娘家她就浑身自在，离婚这事，也就越发显出不那么可怕了。

第二天天刚亮，刘富就把"奇瑞"擦洗得锃光瓦亮。他把天鹅装进当初那个竹筐，让天鹅和香改都坐在后排座上，他带着天鹅和香改趁着早起开赴省城。

中午之前他们就顺利到了省城，先去医院把该送的东西送到，接着他们直奔动物园。途中他们路过了省军区大门口，刘富当兵时住过的地方。刘富看见了那大门，他猜后排的香改也看见了。他想起香改讥讽他惦记副政委的女儿，那真是香改说颠倒了啊。当年是副政委的女儿看上了刘富，有一次非要把他放在车上的衬衫拿回家洗，刘富不让，那女儿便大发脾气，跑进厨房一口气摔了四个盘子。后来刘富就复员了。现在一切都过去了，刘富并不懂得什么叫伤感，他不满意眼下自己的日子，但也从来没有想念过那位副政委的女儿。

刘富把车在动物园停车场停好，搬下装着天鹅的竹筐，对车上的香改说，你就坐在车上等我，一会儿我就出来。

这是一个晴天，风硬，太阳却很明亮。刘富带着天鹅来到动物园门口，对检票员说了要送天鹅，让他给景班长打电话。检票员和天鹅馆通了电话之后，放刘富进园，并指给他天鹅馆的方向。园内游人不多，刘富很快就找到了天鹅馆：敢情有这么一大片水啊，三十来亩吧。那馆就在水的中央，孤岛似的。现在水面结了冰，一只天鹅也没有，想必都在那馆中的水池里。在天鹅馆通往岸边的弯弯曲曲的小桥上，一个五十多岁的黑脸汉子迎着刘富走过来，这当是景班长了。他一边对刘富道着"辛苦辛苦"，一边打量着他怀里的竹筐说，不错，是大天鹅，你在电话里总叫它咳嗽天鹅。

刘富随景班长进了天鹅馆，馆中的水池里，果然有一对对的天鹅在游动。刘富把竹筐放在地上说，看它这脚蹼裂的，快让它进水里泡泡吧。景班长说不忙，我们的人先要给它做体检，这是规定。说话间两个穿灰大褂的工作人员就领走了刘富的天鹅。

景班长在池边热情地为刘富讲解。他指着池中的天鹅告诉刘富，这一对叫疣鼻天鹅，在天鹅里算性情厉害的，叫声嘶哑；那一对红额头的黑天鹅叫澳洲黑，贵得很，万数块钱一只。还有那一对就不用我说了，和你送来的一样，大天鹅。我们这儿最多的就是大天鹅……刘富有一搭无一搭地听着，老实说他对各种天鹅并不感兴趣，置身天鹅馆他只有一个很具体的愿望，他想亲眼看见他的那只裂了脚蹼的咳嗽天鹅下水入了池中天鹅的群，他也就算对得起它了，他也就算了却一桩麻烦事。在池边溜达了一会儿，景班长引刘富出了天鹅馆，领他进了旁边一间小屋，说这是他们的值班室。值班室不大，一张旧方桌四周，散放着几把木椅。景班长指了把椅子请刘富坐下，又给他倒了一杯白开水，说快中午了，一会儿就在这儿吃了饭再走，这大冷的天……刘富这才觉出饿来，却还是虚着推让了一下。景班长叫刘富不要客气，说饭就在这个值班室吃，说他在这儿吃了三十多年中午饭了。又不摆席，就是馒头粉条菜。刘富便也不再推辞。他端起那杯白开水，本能地观察着水杯的卫生程度。他发现这杯子油渍麻花的，就不再想喝。怕景班长看出他的嫌弃，又赶紧找个话题。他看见屋角堆着几只敞口的麻袋，里边是些黄豆大的褐色颗粒，他问景班长那是不是喂天鹅的料。景班长说是，说现在方便多了，都是这种加工好的成品饲料，里边各种营养成分按比例搭配，既科学又省事。不像三十多年前，他十七八岁的时候，刚接替父亲到动物园上班，进天鹅馆喂天鹅，每天都得去饲养室领窝头，一个窝头就有海碗大，回来要切成小丁，一天得切一百二十多斤，切得他手腕子发抖啊。刘富就说，真是干什么也不容易，看不出喂天鹅也是个力气活儿呢。

两人说着话，有管理员已经在桌上摆出两副碗筷，两只青花瓷酒杯，一瓶"小二"——二两装二锅头，一碟花生米。景班长给刘富和自己斟上酒，刘富说这酒就不喝了，他开着车呢。景班长说，两个人喝一瓶"小二"还能叫人开不成车？说完硬把酒杯塞进刘富手里。两个人真喝了起来。

一会儿粉条菜端上来了。

一会儿管理员叫景班长出去了。

一会儿景班长回来了。

一会儿一只热气腾腾的黑铁锅端了上来,锅里炖着灰褐色的大块的肉。景班长举起筷子冲着铁锅对刘富说,来,尝尝。

刘富说,这是鸡呀?景班长说是鹅,你送来的那只天鹅。

刘富放下筷子,似懂未懂的样子。

景班长只好给他解释说,动物园医生已经为这只天鹅做了体检,结果是它太老了,足有二十五岁了,体内脏器严重老化,基本不再有存活的意义。

刘富说,多老算是老啊?

景班长说,天鹅寿命在二十五岁左右,你说它老不老。

刘富说,可它正活着哪!

景班长说,我们养这么一只老天鹅所要花费的成本你想过没有?

刘富不记得自己是怎么离开天鹅馆的,只记得他摔了眼前一个酒杯。当他出了动物园,开了"奇瑞"的车门把车发动着之后,才觉出自己的脚趾缝一阵阵钝痛,像被长了锈的锯子在割锯。他把头伏在方向盘上闭住眼,眼前立刻是黑铁锅里被肢解了的白天鹅。刘富的整个脑袋顿时轰鸣起来。他没有想到,这只麻烦了他几个月的天鹅,竟会让他的心有那么大的说不出的难受。该怨谁呢,他想不清楚。回到家又怎么向女儿交代呢,他更想不清楚。这时从车厢后排座上传出一阵"咳、咳、咳"的咳嗽声,刘富心里一惊:这不是我那咳嗽天鹅吗？难道它没有被送进黑锅它也没有那么衰老，刚才的一切只不过是我做的一个乱梦？他惊着自己，从方向盘上抬起脸，却僵直着脖子不敢回头，生怕一回头那咳嗽声便永远消失。但咳嗽声没有消失，只是由"咳、咳、咳"变成了"吭、吭、吭"，像是忽然被人捂住了嘴。刘富小心翼翼地扭转头朝后排座看去，他看见了歪坐在那里不急不火的香改。

刘富如果不在这时往后看，他就真的记不起香改还在车上等着他。大半天时间他已经把她给忘了，他原本要在离婚前给香改治好咳嗽的。是啊，咳嗽，刘富曾经那么厌恶香改的咳嗽，他也同样不喜欢天鹅的咳嗽。每当女人和鹅同时在院子里咳嗽起来，他就觉得他的生活纷杂、烦乱，很没有成色。但是就在刚才，当他听见后排座上突然响起的咳嗽声时，竟意外地有了几分失而复得般的踏实感。

刘富发动了"奇瑞"一心想要快些离开省城，路上他只下了一次车给香改买了一套煎饼馃子。香改不挑食，也不抱怨刘富丢她在车上那么长时间，只扎着头吃煎饼。吃了一会儿才冷不丁问刘富一句："哎，你不吃啊？"刘富摇摇头，香改就又自顾自地吃起来。唉，这就是香改了。刘富叹道。其实香改从来就是这样吧？只是他忘了她从来就是这样。他没有在医院门前停车，也没有征得香改的同意。也许他是想，要是从今往后给香改治咳嗽还有的是时间，他又为什么非在今天不可呢？也许他是想，眼下回家才最是要紧。他记起今天是腊月二十三，年已经不远了。

伊琳娜的礼帽

我站在莫斯科的道姆杰德瓦机场等待去往哈巴罗夫斯克的航班。懂俄语的人告诉我,"道姆杰德瓦"是小屋的意思。那么,这个机场也可以叫做小屋机场了。

这是2001年的夏天。

我本来是和我表姐结伴同游俄罗斯——俄罗斯十日游,我们都曾经以为彼此是对方最好的旅伴。不是有中学老师给即将放假的学生出过那么一道题吗:从北京到伦敦,最近的抵达方法是什么?答案不是飞机、网络什么的,而是:和朋友一起去。听起来真是不错。其实呢，旅途上最初的朋友往往会变成最终的敌人。我和我表姐从北京到莫斯科时还是朋友，从莫斯科到圣彼得堡时差不多已经成了敌人。原因是——我觉得，我那位表姐和我，我们都是刚离婚不久，我们在路上肯定会有一些共同语言，我们不再有丈夫的依傍或者说拖累，我们还可以肆无忌惮地诅咒前夫。但是——居然，我表姐她几乎在飞往莫斯科的飞机上就开始了她新的恋爱。我们邻座那位男士，和我们同属一个旅行团的，一落座就和她起劲地搭讪。我想用瞎搭葛来形容他们，但很快得知那男士也正处在无婚姻状态，真是赶了一个寸劲儿。我这才发现我表姐是一个盲目乐观主义者，并且善于讨好别人。我就没那么乐观了，与人相处，我总是先看见别人的缺点，我想不高兴就不高兴，也不顾忌时间和场合。我把脸一耷拉，面皮就像刷了一层糨糊，干硬且皱巴。这常常把我的心情弄得很沮丧。而当我对自己评价也不高的时候，反过来会更加恼火别人。在飞机上我冷眼观察我们的男邻座，立刻发现他双手的小拇指留着过长的指甲。他不时习惯性地抬起右手，翘起一根小拇指把垂在额前的头发往脑袋上方那么一划拉，那淡青色的半透明的大指甲，叫人不由得想起慈禧太后被洋人画像时戴了满手的金指甲套：怪异，不洁，轻浮。加上他那有一声没一声的短笑，更是有声有色地侵犯了我的听觉。到达莫斯科入住宇宙大饭店之后，我迫不及待地把我的感受告诉给我表姐，她嘿嘿一笑说："客观地说，你是不够厚道吧。客观地说,他的有些见解还真不错。"我于是对我的表姐也有了一个新发现,我发现她有一个口头语那就是"客观地说"。什么叫"客观地说"?谁能证明当她说"客观地说"的时候她的说法是客观的呢?反倒是,一旦她把"客观地说"摆在口头,多半正是她要强调她那倾向性过强的观点的时候。我因此很讨厌我表姐的这个口头语。

当我站在"小屋"机场等待去往哈巴罗夫斯克的航班的时候,我归纳了一下我和我表姐中途分手的原因,仿佛就是那位男邻座过长的指甲和我表姐的口头语"客观地说"。这原因未免太小,却小到了被我不能容忍。我们从莫斯科到达圣彼得堡后,我耷拉着脸随旅行团勉强参观完铁匠大街上的陀斯妥耶夫斯基故居,听一位精瘦的一脸威严的老妇人讲解员讲了一些陀氏故事。没记住什么,只记得老妇人嘴边碎褶子很多,好似被反复加热过的打了蔫儿的烧卖。还记得她说陀氏的重孙子现在就在陀氏故居所在街区开有轨电车。对这个事实我有点幸灾乐祸的快意:陀斯妥耶夫斯基是俄罗斯的大人物,他的后代不是也有开有轨电车的么。我想起我母亲也是个作家,而我也没能按照她的希望出人头地。我的职业和婚姻可能都让她悲哀,但不管怎么说,我好歹还是个身在首都的国家公务员。我对我母亲的书房和文学从来就不感兴趣,所以,当我看见我表姐和她的新男友脑袋顶着脑袋凑在陀氏故居门厅的小柜台上购买印有这个大人物头像的书签时,当机立断作出决定:我要离开他们,一个人先回国。我没能等到返回我们所住的斯莫尔尼饭店,就皮笑肉不笑地把我的想法告诉了我的表姐。她怔了怔说:"客观地说,你这是有点儿耍小孩子脾气。还有四天我们就能一起回去了。"我则在心里念叨着:别了,您那"客观地说"!

我想直接飞回北京但是不行,旅行社告诉我必须按他们合同上的计划出境。我应该从莫斯科飞哈巴罗夫斯克,再乘火车经由西伯利亚进入中国牡丹江。这是一条费事但听说省钱的路线,为此我愿意服从旅行社。2001年夏天的这个晚上,我在陈旧、拥挤的小屋机场喝了两瓶口味奇异的格瓦斯之后,终于等来了飞往哈巴的航班,是架陈旧的图-154。我随着客流走进机舱,发现乘客多是来自远东,哈巴罗夫斯克人居多吧,只有少数莫斯科人和我这样的外国人。我既不懂俄语也分辨不清他们之间口音的差异,但说来奇怪,直觉使我区分出了莫斯科人和哈巴罗夫斯克人。我的座位在后部靠走道,能够方便地大面积地看清铺在舱内那红蓝相间的地毯。地毯已经很脏,花纹几近模糊,渗在上面的酒渍、汤渍和肉汁却顽强地清晰起来。偏胖的中年空姐动作迟缓地偶尔伸手助乘客一臂之力——帮助合上头顶的行李舱什么的,那溢出唇边的口红暴露了她们对自己的心不在焉,也好像给了乘客一个信号:这是一架随随便便的飞机,你在上面随便干什么都没有关系。我的前排是一男两女三个年轻人,打从我一进机舱,听见的就是他们的大笑和尖叫。那男的显然是个莫斯科新贵,他面色红润,头发清洁,指甲出人意料地整齐,如一枚枚精选出来的光泽一致的贝壳,镶嵌在手指上。他手握一款诺基亚超大彩屏手机正向一左一右两位卷发浓妆少女显摆。2001年的俄罗斯,手机还尚未普及,可以想象新贵掌中的这一超新款会在女孩子心里引起怎样的羡慕。似乎就为了它,她们甘愿让他对她们又是掐,又是咬,又是捏着鼻子灌酒,又是揪着头发点烟。我闷坐在他们后排,前座上方这三颗乱颤不已的脑袋,宛若三只上满了发条的电动小狮子狗。这新贵一定在哈巴有生意,那儿是俄罗斯远东地区重要的铁路枢纽,是河港、航空要站,有库页岛来的输油管道,石油加工、造船、机械制造什么的都很发达。也许这新贵是弄石油的,但我不关心他的生意,只惦记飞机的安全。我发现他丝毫没有要关机的意思,便忍不住用蹩脚的英语大声请他关机。我的脸色定是难看的,竟然镇住了手机的主人。他关了机,一边回头不解地看着我,好像在说:您干吗生那么大气啊?

这时舱门口走来了这飞机的最后两位乘客:一个年轻女人和一个五岁左右的小男孩。女人的手提行李不少,最惹眼的是她手里的一个圆形大帽盒。大帽盒在她手中那些袋子的最前方,就像是帽盒正引领着她向前。她和孩子径直朝我这里走来,原来和我同排,在我右侧,隔着一条走道。我这才看清她是用一只手的小拇指钩住捆绑那米色帽盒上的咖啡色丝带的,我还看见帽盒侧面画着一顶橘子大的男式礼帽。同样是人手的小拇指在动作,我对这个女人的小拇指就不那么反感。这个用小拇指钩住帽盒丝带的动作，让她显得脆弱并且顾家。这是一对属于哈巴罗夫斯克中等人家的母子，他们是到莫斯科走亲戚的，回来时带了不少东西，有亲戚送的，也有谨慎地从莫斯科买的。丈夫因事没和他们同行，她特别为他买了礼物：一顶礼帽。我在心里合理着我对这母子的判断，一边看她有点忙乱地将手中几个鼓鼓囊囊的袋子归位。她先把大帽盒安置在自己的座位上，让由于负重而显出红肿的那根小拇指小心翼翼地从帽盒的丝带圈里脱身出来，好像那帽盒本身是个正在熟睡的旅客。然后她再把手中其他袋子放进座位上方的行李舱。最后她双手捧起了帽盒，想要为它找个稳妥的去处。但是，原本就狭小的行李舱已被她塞满，其实已经容不下这庞大的帽盒。女人捧着帽盒在通道上原地转了个圈，指望远处的空姐能帮她一把。空姐没有过来，离这女人最近的我也没打算帮她——我又能帮上什么呢。换了我表姐，说不定会站起来象征性地帮着找找地方，我表姐会来这一套。这时女人前排一个瘦高的男人从座位上站起来，打开他头顶上方的行李舱，拽出一件面目不清的什么包，扔在通道上，然后不由分说地从女人怀里拿过帽盒，送进属于他的那一格行李舱。随着那舱盖轻松的啪的一声扣上，瘦高男人冲女人愉快地摊了摊手，意思是：这不解决了吗？接着他们俩有几句对话，我想内容应该是：女人指着地上的包说，您的包怎么办呢？男人捡起包胡乱塞进他的座位底下，说，它本来就不值得进入行李舱，就让它在座位下边待着好了。

女人感激地一笑,喊回她的儿子——萨沙!这个词我听得懂。其时萨沙正站在我前排那莫斯科新贵跟前,凝神注视新贵手中的新款诺基亚。他不情愿地回到母亲身边,小声叨咕着什么。我猜是,女人要他坐在靠窗的里侧,就像有意把他和新贵隔离。而他偏要坐靠通道的座位。当然,最终他没能拗过他的母亲。这是一个麦色头发、表情懦弱的孩子,海蓝色的大眼睛下方有两纹浅浅的眼赘儿——我经常在一些欧洲孩子娇嫩的脸上看见本该在老人脸上看见的下眼赘儿,这让孩子显得忧郁,又仿佛这样的孩子个个都是老谋深算的哲学家。

飞机起飞了,我侧脸看着右边的女人,发现她竟是有些面熟。我想起来了,我在我那作家母亲的书架上见过一本名叫《卓娅和舒拉的故事》的旧书,书中卓娅的照片和我右边这位女邻座有几分相像。栗色头发,椭圆下巴,两只神情坚定的眼睛距离有点偏近。卓娅是我母亲那一代人心中的英雄,对我这种出生在六十年代的人,她则太过遥远。当年我凝望她的照片,更多注意的是她的头发。尽管她是卫国战争时期的英雄,可从时尚的角度看,她一头极短的卷发倒像是能够引领先锋潮流。那时我喜欢她的发型,才顺便记住了她。现在我不想把飞机上我这位女邻座叫成卓娅,我给她编了个名字叫做伊琳娜。俄罗斯人有叫这个名字的吗?我不在乎。我只是觉得我的邻座很适合这几个字的发音:伊琳娜。她的绾在脑后的发髻,她那有点收缩的肩膀,她的长度过于保守的格子裙,她的两只对于女人来说偏大了点的骨关节泛红的白净的手,她那微微眯住的深棕色的眼睛和颤动的眼皮,那平静地等待回家的神情,都更像伊琳娜而不是卓娅。有广播响起来,告之乘客这架飞机飞行时间是九小时左右,将于明晨到达哈巴罗夫斯克。飞机十分钟之后为大家提供一份晚餐,而酒和其他食品则是收费供应。

我草草吃过半凉不热的晚饭,三片酸黄瓜,几个羊肉丸子和油腻的罗宋汤。我得闭眼睡一会儿。哈巴罗夫斯克不是我最后的目的地,我还得从那儿再坐一夜火车。一想起这些就觉得真累。人们为什么一定要旅行呢?

当我睁开眼时,我发现这机舱起了些变化。多数旅客仍在睡着,变化来自伊琳娜前排座位。她前排座上的那个瘦高男人正脸朝后地把胳膊肘架在椅背上,跪在自己座位上和后一排的伊琳娜聊天。我暂且就叫他作瘦子吧,他的一张瘦脸上,不合比例地长了满口白且大的马牙。他这脸朝后的跪相儿使他看上去有点卑微,有点上赶着。不过他那一身过于短小的、仿佛穿错了尺码的牛仔夹克牛仔裤,本身就含有几许卑微。他的表情是兴奋的,手中若再有一枝玫瑰,就基本可以充当街心公园里一尊求婚者的雕像。伊琳娜虽然没有直视他的眼,却对他并不反感。他们好像在议论对莫斯科的印象吧,或者不是。总之他们说得挺起劲。没有空姐过来制止瘦子的跪相儿,只有伊琳娜身边的萨沙仰脸警觉地盯着瘦子——尽管他困得上下眼皮直打架。后来,久跪不起的瘦子终于注意到了萨沙的情绪,他揿铃叫来空姐买了一罐可乐和一段俄罗斯红肠给萨沙。果然，萨沙的神情有所缓和，他在母亲的默许下，有点扭捏地接受了瘦子的馈赠。他一手攥着红肠，一手举着可乐，对这不期而至的美食，一时不知先吃哪样为好。瘦子趁热打铁——我认为，他把两条长胳膊伸向萨沙，他干脆要求和萨沙调换座位。他有点巴结地说他那个座位是多么多么好——靠走道啊，正是萨沙开始想要的啊。萨沙犹豫着，而伊琳娜突然红了脸，就像这是她和瘦子共同的一个合谋。她却没有拒绝瘦子的提议，她默不作声，双手交叠在一起反复摩挲着。瘦子则像得到鼓励一样，站起来走到后排，把手伸到萨沙胳肢窝底下轻轻一卡，就将孩子从座位上"掏"了出来，再一把放进前排他的老座位。也许那真该被称作是老座位了，只因为座位的改变预示着瘦子和伊琳娜关系的新起点。难道他们之间已经有了什么关系吗？

我看见瘦子如愿以偿地坐在了伊琳娜身边，他翘起一条长腿搭在另一条腿上，身子向伊琳娜这边半斜着，脚上是后跟已经歪斜的尖头皮便鞋，鞋里是中国产而大多数中国人已不再穿的灰色丝袜，袜筒上有绿豆大的烟洞。我看出瘦子可不是富人，飞机上的东西又贵得吓人。但是请看，瘦子又要花钱了：他再次揿铃叫空姐，他竟然给伊琳娜和自己买了一小瓶红酒。空姐连同酒杯也送了来，并为他们开启了瓶塞。他们同时举起酒杯，要碰没碰的样子，欲言又止的样子，像是某种事情到来之前的一个铺垫。我看见伊琳娜有些紧张地拿嘴够着杯口啜了一小口，好比那酒原本是一碗滚烫的粥。

瘦子也喝了一口，紧接着他猛地用自己的杯子往伊琳娜的杯子上一碰，就像一个人挑衅似的拿自己的肩膀去撞另一个人的肩膀。伊琳娜杯中的酒荡漾了一下，她有点埋怨地冲他笑了。我很不喜欢她这种埋怨的笑，可以看作那是调情的开始，或者说是开始接受对方的调情。

我在我的座位上调整了一下姿势，让自己坐得更舒服，也可能是为了更便于观察我右侧的这对男女。我承认此时我的心态有几分阴暗，就像喜欢看名人倒霉是大众的普遍心理一样。虽然伊琳娜不是名人，但我觉得她至少是个正派女子。看正派女子出丑也会让我莫名其妙地满足。我颦眉皱眼地左顾右盼，并希望萨沙过来看看他母亲现在这副样子。萨沙正专心地品味红肠，从我这个角度可以看见他小小的半侧面。我前排那三位"电动狮子狗"在睡过了一阵之后同时醒来。他们一经睡醒就又开始忙着吃喝，几乎买遍飞机上所有能买的东西。他们喝酒也不用酒杯，他们一人一瓶，嘴对着瓶口直接灌，间或也互相灌几口。他们的粗放顿时让伊琳娜和瘦子显得文明而矜持，如果你愿意也完全可以说是让他俩显得寒伧。当我想到这个词的时候，杯中酒已经让伊琳娜放松了，她和瘦子从有距离的闲聊开始转为窃窃私语，她脑后的发髻在椅背的白色镂花靠巾上揉搓来揉搓去，一些碎发掉下来，垂在耳侧，泄露着她的欲望。是的，她有欲望，我在心里撇着嘴说。那欲望的气息已经在我周边弥漫。不过我似乎又觉得那不是纯粹主观感觉中的气息，而是——前方真的飘来了有着物质属性的气息。

从这机舱的前部,走来了两位衣冠楚楚的男士。当我把眼光从伊琳娜的发髻上挪开,看见前方这两个男人,顿时明白那气息来自他们——至少是其中一人身上的博柏利男用淡香水。我对香水所知甚少,所以对这款香水敏感,完全是我母亲的缘故,她用的就是这一款。记得我曾经讥讽我母亲说,您怎么用男人的香水啊。我母亲说,其实这是一款中性香水,男女都能用。我想起母亲书架上《卓娅和舒拉的故事》,对这位年轻时崇拜卓娅、年老时热衷博柏利男款香水的妇人常常迷惑不解。眼下这两位男士,就这架懒散、陈旧的飞机而言,颇有点从天而降的意味——尽管此时我们就在天上。他们年轻、高大、标致、华丽,他们考究、雕琢。打扮成如他们的,仿佛只有两种人:T型台上的男模和游走于五星级酒店的职业扒手。他们带着一身香气朝后边走来,腕上粗重的金手链连同手背上的浓密汗毛在昏暗的舱内闪着咄咄逼人的光。他们擦过我的身边,一眨眼便同时在机舱后部的洗手间门口消失了。

我的不光明的好奇心鼓动着我忍不住向后方窥测,我断定他们是一同进了洗手间而不是一个等在外边。在这里我强调了"一同"。此时最后一排空着的座位上,一个空姐正视而不见地歪着身子嗑着葵花子。显然,她对飞机上的这类行径习以为常。大约一刻钟后,我终于亲眼看见两个男人一前一后从洗手间出来了,其中一个还为另一个整理了一下歪斜的领带。我一边为我这亲眼看见有那么点兴奋，一边又为他们居然在众目睽睽之下，利用飞机上如此宝贵而又狭小的洗手间将两个身体同时挤了进去感到气愤。啊，这真是一架膨胀着情欲的飞机，两位华丽男士的洗手间之举将这情欲演绎成了赤裸裸的释放——甚至连这赤裸裸的释放也变成了表演。因为半小时之后，这二位又从前方他们的座位上站起来，示威似的相跟着，穿过我们的注视，又一同钻进了一次洗手间。

我所以用了"我们"，是因为当华丽男士经过时，伊琳娜和瘦子也注意到了他们。而瘦子的右手，在这时已经搭上了伊琳娜的左肩。

过了半点钟，那只手滑至伊琳娜的腰。

过了半点钟，那只手从伊琳娜腰间抽出，试探地放上了她的大腿。

夜已很深，我已困乏至极，又舍不得放松我这暗暗的监视，就找出几块巧克力提神。巧克力还是我从国内带出来的，德芙牌。在国内时并不觉得它怎么好吃，到了俄罗斯才觉得我带出来的东西全都是好吃的。这时一直没有睡觉的萨沙也显出困乏地从前排站起来找伊琳娜了，他来到伊琳娜身边，一定是提醒她照顾他睡觉的。可当他看见伊琳娜正毫无知觉地和瘦子脑袋顶着脑袋窃窃私语，便突然猛一转身把脸扭向了我。他的眼光和我的眼光不期而遇，我看出那眼光里有一丝愠怒。那短短的几秒钟，他知道我知道为什么他会突然扭转身向我，我也知道他知道我看见了他母亲的什么。在那几秒钟里我觉得萨沙有点像一个被遗弃的孤儿。我本是一个缺乏热情的人，这时还是忍不住递给他一块巧克力。对食物充满兴趣的萨沙却没有接受我的巧克力，好像我这种怜悯同样使他愠怒。他又一个急转身，捯着小步回到他那被置换了的座位上，坐下，闭了眼，宛如一个苦大仇深的小老头。

我偷着扫了一眼伊琳娜，她的头一直扭向瘦子，她没有发现萨沙的到来和离开。

过了半点钟，瘦子的手还在伊琳娜腿上——或者已经向上挪了一寸？它就像摆在她格子裙上的一个有形状的悬念，鼓动我不断抬起沉重的眼皮生怕错过什么。好一阵子之后，我总算看见伊琳娜谨慎地拿开它，然后她起身去前排照看萨沙。萨沙已经睡着了——也许是假寐，这使伊琳娜有几分踏实地回到座位上，瘦子的手立刻又搭上了她的大腿。她看了看复又搭上来的这只手，和瘦子不再有话。她把眼闭上，好像要睡一会儿，又好像给人一个暗示：她不反感自己腿上的这只手。果然，那只手像受了这暗示的刺激一般，迅疾地隔着裙子行至她的腿间。只见伊琳娜的身体痉挛似的抖了一下，睁开了眼。她睁了眼，把自己的手放在瘦子那只手上，示意它从自己腿间挪开。而瘦子的手很是固执，差不多寸步不让，就像在指责伊琳娜刚才的"默许"和现在突然的反悔。两只手开始互相较劲，伊琳娜几经用力瘦子才算妥协。但就在他放弃的同时，又把自己的手翻到伊琳娜手上，握住她那已经松弛的手，试图将它摆上自己的腿裆。我看见伊琳娜的手激烈地抵抗着,瘦子则欲罢不能地使用着他强硬的腕力,仿佛迫切需要伊琳娜的手去抚慰他所有的焦虑。两只手在暗中彼此不服地又一次较量起来,伊琳娜由于力气处于劣势,身体显出失衡,她竭力控制着身体的稳定,那只被瘦子紧紧捉住的充血的手,拼死向回撤着。两人手上的角力,使他们的表情也突然变得严峻,他们的脑袋不再相抵,身体反而同时挺直,他们下意识地抬头目视正前方,仿佛那儿正有一场情节跌宕的电影。

我累了。我觉得这架飞机也累了。

就在我觉出累了的时候,我看见伊琳娜终于从瘦子手中夺回了自己的手,并把头转向我这边。她匆忙看了我一眼,我用平静的眼光接住了她对我匆忙的扫视,意思是我对你们的事情不感兴趣。我听见伊琳娜轻叹了一声,再次把头转到瘦子那边。接着,她就像对不起他似的,活动了一下被扭疼的手,又将这手轻轻送进瘦子的手中。这次瘦子的手不再强硬了,两个人这两只手仿佛因为经过了试探,对抗,争夺,谈判,最终逃离了它们之间的喧哗和骚动,它们找到了自己应该的位置,它们握了起来,十指相扣。最后,在这个夜的末尾,他们就那样十指相扣地握着手睡了。这回好像是真睡,也许是因为伊琳娜终于让瘦子知道,一切不可能再有新的可能。

哈巴罗夫斯克到了。我没能看见伊琳娜和瘦子何时醒来又怎样告别,当我睁开眼时,他们已经像两个陌生人一样,各走各的。伊琳娜已经把属于她的各种袋子拿在手上,领着萨沙抢先走到前边到达机舱门口,就像要刻意摆脱瘦子一样。睡眼惺忪的旅客们排在他们后边,离他们母子最近的是莫斯科新贵,他早已打开诺基亚,高声与什么人通着什么话。然后是那两位华丽男士。一整夜的旅行并没有使他们面带疲惫,相反他们仍然衣冠楚楚,头发也滑腻不乱,好比蜡像陈列馆里那些酷似真人的蜡像,也使昨晚的一切恍在梦中。

八月的哈巴罗夫斯克的清晨是清凛的,如中国这个季节的坝上草原。走出机场,我呼吸着这个略显空旷的城市的空气,打了个寒战。旅客们互相视而不见地各奔东西,你很少在奔出机场的匆匆的人群中见到特别关注他人的人。我也急着寻找旅行社来接我的地陪,却忽然看见在我前方有一样熟悉的东西——伊琳娜的大帽盒,现在它被拿在那个瘦子手里。他走在我前边,正跨着大步像在追赶什么。我想起来了,伊琳娜的帽盒被存进瘦子的行李舱,而她在下飞机时把它忘记了。

帽盒使昨晚的一切又变得真切起来,也再次勾起了我的好奇心。我紧跟在瘦子后面,看见他扬着手中的帽盒,张嘴想要喊出伊琳娜的名字,却没有发出声音。我想他们其实就没有交换彼此的姓名吧,这给他的追赶带来了难度。可是伊琳娜在哪儿呢?我在并不密集的人流中没有发现他们母子,他们就像突然蒸发了一样。又走了几步,在我前边的瘦子猛地停了下来,盯住一个地方。我也停下来顺着他的眼光看去:

在停车场旁边，在离我和瘦子几米远的地方，伊琳娜正和一个男人拥抱，或者说正被一个男人拥抱。那男人背对着我们，因此看不清面目，只觉得他个子中等，体格结实，头颅显得壮硕，脖子上的肉厚，稍微溢出了衬衫的领子。伊琳娜手中那些袋子暂时摆放在地上，萨沙守在袋子旁边，心满意足地仰头看着他的父母——肯定是他的父母。

这情景一定难为了瘦子，而伊琳娜恰在这时从男人肩上抬起头来，她应该一眼就看见了帽盒以及替她拎来了帽盒的瘦子。她有点发愣，有点紧张，有点不知所措。在她看见了瘦子的同时我认为她也看见了我。她的儿子，那个正在兴高采烈的萨沙，更是立刻就认出了我们俩。他警觉并且困惑地盯着这两个飞机上的男女，好像一时间我和瘦子成了会给他们母子带来不测的一组同伙。一切都发生在几秒钟之内，来不及解释，也不应该出错。是的，不应该出错。我忽然觉得我才应该是那个为她送上帽盒的最佳人选，我很惊讶自己又一次当机立断。我不由分说地抢上一步，对瘦子略一点头算是打了招呼，接着从他手中拿过——准确地说是"夺过"帽盒，快步走到伊琳娜丈夫的背后，将帽盒轻轻递到她那正落在她丈夫肩上的手中。至此，瘦子，我，还有伊琳娜，我们就像共同圆满完成了一项跨越莫斯科与哈巴罗夫斯克的接力赛。也许我在递上最后这一"棒"时还冲她笑了笑？我不知道。我也看不见我身后瘦子的表情，只想脱身快走。

我所以没能马上脱身，是因为在这时萨沙对我做了一个动作：他朝我仰起脸，并举起右手，把他那根笋尖般细嫩的小小的食指竖在双唇中间，就像在示意我千万不要作声。可以看作这是一个威严的暗示，我和萨沙彼此都没有忘记昨晚我们之间那次心照不宣的对视。这也是一个不可辜负的手势，这手势让我感受到萨沙一种令人心碎的天真。而伊琳娜却仿佛一时失去了暗示我的能力，她也无法对我表示感激，更无法体现她起码的礼貌。就见她忽然松开丈夫的拥抱，开始解那帽盒上的丝带。也只有我能够感受到，她那解着丝带的双手，有着些微难以觉察的颤抖。她的丈夫在这时转过脸来，颇感意外地看着伊琳娜手中突然出现的帽盒。这是一个面善的中年人，他的脸实在是，实在是和戈尔巴乔夫十分相似。

伊琳娜手中的丝带滑落，她打开盒子，取出一顶做工精致的细呢礼帽。礼帽是一种非常干净的灰色，像在晴空下被艳阳高照着飞翔的灰鸽子的羽毛。这礼帽让戈尔巴乔夫似的丈夫惊喜地笑了，他以为——按常规，伊琳娜会为他戴上礼帽，但是，伊琳娜却丢掉帽盒，把礼帽扣在了自己头上。

我所以用"扣"来形容伊琳娜的戴礼帽，是因为这按照她丈夫的尺寸选购的男式礼帽戴在她头上显得过大了，她那颗秀气的脑袋就像被扣进了一口小锅。礼帽遮挡了她那张脸的大部，只露出一张表情不明的嘴。礼帽在一瞬间也遮挡了她的礼貌，隔离了她和外界的关系，她什么也看不见了，包括不再看见瘦子和我。她可以不必同任何生人、熟人再作寒暄，她甚至可能已经不再是她自己。她的丈夫再一次欣赏地笑了，他一定是在妻子扣着男式礼帽的小脑袋上，发现了一种他还从来没有见过的幽默。然后，他们一家三口就拎着大包小包，朝远处一辆样式规矩的黑轿车走去。

其实我从来就没想过要把昨晚飞机上的事告诉给第二个人。昨晚发生了什么吗？老实说什么也没有发生。是萨沙贴在唇上的手指和伊琳娜扣在自己头上的礼帽让我觉出了某种无以言说的托付。特别当我预感到我和他们终生也不会再次谋面时，这"托付"反而变得格外凝重起来。嗯，说到底，人是需要被人需要的。我一边这样想着，一边再次遥望了一下远处的伊琳娜，她头上晃荡的礼帽使她的体态有点滑稽，但客观地说，她仍然不失端庄。——我知道我在这里初次用了一个我最讨厌的我表姐的口头语："客观地说"，不过它用在这儿，似乎还称得上恰如其分。

我看见一个脸上长着痤疮的中国青年举着一块小木牌，上面写着我的名字。他就是我在哈巴罗夫斯克的地陪了，我冲他挥挥手，我们就算接上了头。

信使

四月的这个下午，空气清透，雾霾不在。街边的樱花、榆叶梅忽然就盛开了，白丁香、紫丁香也这里、那里喷放着苦而甜的团团香气。陆婧坐在车里，车窗关着，也能感受到樱花的烟云带给她的眩晕，丁香的苦甜有点呛人。她落下车窗，像有意哑摸这春天的"呛"，享用这扑面而至的"呛"带来的鲜亮欢喜。

在一个嘈杂的路口，车遇红灯。陆婧偏头看着窗外，眼光落在临街一间门脸不大的体育用品商店。一辆人力三轮车停在门前，两个年轻人正从车上卸货。一个腿有残疾的女人从店里出来，身体歪向一边。她跛着脚走到三轮车前，弯腰从地上拎起两摞半人高的捆绑在一起的鞋盒，板鞋？跑鞋？当她抬起头无意间扫一眼路口停滞的车队时，陆婧的眼光刚好对上了她的扫视。这是一位已不年轻的妇女，一头染成灰咖色的整齐的直短发，颧骨的颜色偏酡红。同样已不年轻的陆婧早就是戴花镜读报的视力，可瞬间还是认出了这张脸：李花开！

李花开是陆婧三十多年未见的故人，虽然这故人如今拖了一条残腿，但陆婧还是很肯定，她就是李花开。拎着鞋盒的李花开没有认出坐在车里的陆婧，她扫视的是车的洪流，临街店铺的门前，哪天没有车流呢。很快，她两手各拎着一摞鞋盒，斜着身子进店去了。

绿灯亮了，车子倏地驶过路口，陆婧甚至没有看清那间商店的名字。她不打算叫车停下，开车的是她丈夫。副驾驶座上的女儿，正掏出气垫粉饼补妆。陆婧盯着女儿的后脖颈，女儿的丸子头使后脖颈落下一些散发，故意落下的吧，看似不经意的慵懒和风情。她们母女并不交流这方面的内容，但在这个下午，陆婧从女儿的后脑勺上明确地看见了三十多年前的自己：克制地追逐时尚，貌似叛逆，有点虚荣。三十多年前，陆婧和李花开同在一个城市，一个名叫虽城的北方城市。

那还是一个人人需要单位的时代，没有单位的人总显得可疑。幸运的是她们都有稳定的单位，陆婧在一个地方戏研究所当编辑，李花开在市属的印刷厂做文秘。一个时代有一个时代的词汇，二十世纪八十年代，陆婧和李花开是大学同学，是朋友。套用时下的说法，她们是"闺密"。这"密"后来又通俗成了腻乎乎的蜜。当年的她们漠视一些老词，不像今天，人们把老词翻腾出来再做揉捏变作另一种时尚。传统意义上的闺中密友大多联带着两家通好，陆婧和李花开的两家长辈却互不相识。

从西客站回家时，陆婧在副驾驶就座，女儿已下车，乘高铁去了外地出差。陆婧的方向感很差，这时却发现车子是循着原路返回，再遇那个路口，她那混乱的方向感突然明晰起来，她觑着眼朝马路对面一溜商铺望去，看见了那个小店："时代体育"。

她认出这是东单，同仁医院附近。医院附近的车多人乱又给她的方向辨别带来了困难。她是急切地想要记住"时代体育"的准确位置么，还是对跛脚的李花开怀有好奇？想不到三十多年后李花开也来了北京，她丈夫，那个叫起子的也来了吧。陆婧心里加重着"也"字的分量，好像北京是她的地盘，李花开的现身让她有种不适感——曾经的闺密往往最方便成为仇敌。什么时候她的脚给跛了？敢情她也受过伤啊。"也"，她心里玩味着这个字，刚刚迎接着她的这个美得眩晕的春天，那呛人的丁香、樱花们不也慷慨迎接着从"时代体育"里走出来的李花开么。

— 234 —

1

那是她们共同的激情时代。先是李花开突然告诉陆婧她要结婚了,对方是虽城的远房表哥。李花开说,表哥在街道办的一个镜框社画出口彩蛋。陆婧嗤之以鼻地抢白道,那也叫单位呀。李花开说就算不是单位吧,可他有房,私房,独院儿。硬道理在这儿呢,陆婧想。

李花开是当年系里的美人,有男生为她那长而柔韧的脖颈献过诗。她的脖子洁净、细润如骨瓷,女孩子拥有这般脖颈,会显得傲然,且十分方便左顾右盼。可她并不自知自己有条好脖子,不会搔首,亦不懂弄姿,还常常爱犯轴脾气。轴,在北方语系里通常形容性格而非品德,和一根筋、死心眼相近。李花开穿家做布鞋,常年背一只紫红两色方格交织的土布书包,好比特意拿自己的乡村出身背景示众。她家在离虽城百里外的山区,穷。大二时,一次李花开的下铺丢了几张饭票,认定偷窃者是上铺的李花开。李花开激愤地绝食两天以示清白。第三天,同宿舍的陆婧强行背着李花开到校医务室去输生理盐水、葡萄糖。过了一个星期,下铺的饭票找到了,在她送回家去洗的一包脏衣服里。和李花开不同,陆婧家就在虽城,工作之后仍然和父母同住。李花开住印刷厂的集体宿舍,周末经常被陆婧拉着去家里吃饭。陆婧记得母亲第一次见到李花开时还感叹了一句:真是高山出俊鸟呢。

冬日的一个周末,陆婧随李花开去了她将要嫁进去的私房、独院。推开吱嘎作响的单扇榆木院门,眼前的院子只是一条狭窄的夹道。夹道一侧仅两间西屋,另一侧是院墙,院墙即是前院人家的后山墙。若从西屋推门出来,仿佛走几步就能撞墙。虽不能比喻成开门见山,却可以说是出门见墙。西屋窗下整齐地码着蜂窝煤,挨着蜂窝煤的,是被旧提花线毯盖着的同样码放整齐的大白菜和鸡腿葱,叫人嗅出过日子的烟火气。当年的陆婧不屑于这类烟火气,眼前的蜂窝煤、大白菜只让她相信,李花开真的要结婚了。李花开说这是表哥的爷爷留下的一点房产,爷爷从前是个经营南方竹货的小业主。想必,经过了那场革命,这院子是被挤占去了大部的剩余吧，陆婧思忖。

那天陆婧见到了李花开的表哥，一个微胖的长发青年，李花开叫他起子。起子热情地和陆婧握手，三人进屋后他还伸手从李花开肩上择下一根头发，或者不是头发，是线头，或者什么都没有，他只是愿意让人看见他在她肩上择。这个表示关切或男女关系不一般的动作让陆婧觉得多余，但那感觉仅仅一闪，因为房间正中一只铸铁蜂窝煤炉子引起陆婧格外的好奇。那本是一只普通的青黑色铸铁炉，圆柱形炉身正方形炉盘。在暖气并不普及的时代，北方城市大多人家都有这类炉子，取暖、做饭、烧水，间或也充当烤盘：烤馒头、烤窝头、烤包子、烤枣儿。起子家这只炉子所以引人注目，是因为它那锃光瓦亮的炉盘，陆婧还没见过谁家的铁炉子能有这样一尘不染，这样光明可鉴，这样泛着蓝幽幽光泽的镜子般的炉盘。他们围炉而坐，受着这炉子的吸引，又好像这神气活现的炉子才是这家的主人，乃至屋内所有家具的主人。炉子上坐着一把熟铝壶，壶中水已烧开，壶盖噗噗响着，壶嘴冒出缕缕水蒸气。起子拎起壶去给客人沏茉莉花茶，他把热茶端给两位女客，顺手抄起铁炉钩，从炉前铁畚箕里钩起同样锃光瓦亮的炉盖，半遮半掩盖住炉口，复又将水壶错开炉口坐上炉子。这样水能保温，炉口减弱的火力也不至于把壶烧干。陆婧喝着热茶，问起这炉盘如何能这般明亮。起子说用猪皮擦的。他母亲在世的时候每天必擦几遍，即使在肉类凭票供应的年代，也总能想法子省出指头长的一块猪皮供炉盘去"吃"。擦了二十几年,生是把一块粗糙的铁炉盘擦成了镜面。母亲去世后,他接过这活儿,有空儿就擦,才保持了这炉盘的成色。

陆婧喝着热茶,想着一个大小伙子除了画彩蛋,就是手持一块猪皮在炉盘上擦呀擦的,她好像还闻见了猪皮蹭上热炉盘那嗞嗞的响声和轻微的油烟,不臭,也不香。看看李花开,李花开显然对猪皮擦炉盘不感兴趣。煤是金贵的,她家烧柴火灶,上大学之前她就没见过铁炉子,也很少见过真的煤。结婚以后起子会让她擦炉盘么?她可不情愿。这需要耐心,更多的是一种情趣。就陆婧对李花开的了解,她不具备这方面的情趣。出了那院子,李花开只问了一句:你说值吗?陆婧没有回答,眼前只闪过一个模模糊糊的影子,李花开对她讲过的一个中学同学名叫锁成的,和她同村,后来她考上大学了,他没考上。

几天后,一个坏消息震惊了她们:当年那个下铺的母亲,因为厂里分房不公平,吞了过量的安眠药。李花开说,房比命大么?陆婧说,房是命的一部分吧。李花开又问:你说值吗?她没有听见应答。很快,她嫁给了表哥。很快,陆婧也恋爱了。

2

陆婧的恋爱像是一场无药可救的疟疾。民间对疟疾的归纳有间日疟、三日疟等等，意指隔日发作一次或三日发作一次，高热、高寒乃至抽搐。陆婧的爱之疟疾却持续了近两年。对方名叫肖恩，是她父亲的同学，且有家室。陆婧刚读初中时，肖恩随着他的单位——北京一个大部的文工团来到虽城做集体改造锻炼，他们被安置在当地驻军大院，过着半军事化、半农场农工的生活，军队有自己的农场。平时不准离院，每周休息半天。肖恩在这座举目无亲的城市联系到了他的大学同学，陆婧的父亲。当革命和运动使熟人、朋友都断了消息的时刻，陆家为肖恩在虽城的出现尤为高兴。那段时间，陆婧的家是肖恩吃饭解馋、放松身心之地。每周的半天休息，他差不多都是在陆家度过。那时陆婧叫肖恩叔叔，逢肖恩感冒生病，或者为部队演出突击排练不能前来时，陆婧会自告奋勇地骑上自行车，为肖叔叔送去母亲烹制的鸡汤、榨菜炒肉丝。满满一罐榨菜肉丝够肖恩吃一个星期，也要用掉陆家半个月的肉票。那个推着自行车站在部队大院门口、冒着寒风等待他出来的陆婧，那个围着大红围巾、戴着厚厚的棉巴掌手套、晶莹的鼻头冻得通红的孩子，给肖恩留下了美而干净的印象。他送给陆婧一双淡绿色斜纹卡其布芭蕾鞋，足尖嵌有软木的真正的芭蕾舞鞋，正热衷于校文艺宣传队各种活动的陆婧，连续一个星期每晚睡觉都把这双鞋供在枕边。后来陆婧并没有在舞蹈方面有所长进，以她当时的年龄，腿已经太硬，开胯也不再容易。当年那些小女孩对文艺的热爱，充其量相当于今天的时尚女生对奢侈品的追逐。

十年之后，肖恩已是北京那个大部文工团的业务团长，陆婧的父亲也做了虽城文教局长。肖恩的文工团有时来虽城演出，他带着演出赠票和茅台，到陆家和老同学畅饮。肖团长和陆局长一改从前的落魄，精神、气色俱佳，就像换了个人。陆婧从旁看着想着，人没换啊，换的是人间。

换了人间。肖恩再见十年后的陆婧，他惊喜地打量着她，喃喃自语着小姑娘已经出落得、出落得……他始终没有完成那后半句话：她出落得怎样？但半句话对陆婧足矣，她尤其喜欢"出落"这个词，一个带有弹性的神奇蜕变的好词。陆婧突然不叫肖恩叔叔了，她叫他肖老师。每逢文工团来虽城演出，陆婧便也忙了起来。她为同学、朋友、同事、近邻向肖恩讨要招待票，她替当地媒体联系采访肖恩以及团里的男女演员，她不是名人，但她已是个认识名人的名人，她为此得意、满足，她和肖恩的关系也就落入了那个时代可能的套路。肖恩开始邀请她去北京看戏看电影——一些尚未公开、只供圈内人优先欣赏的外国电影，陆婧自己也频频寻找去北京的理由。一个地方戏研究所原本没有更多出差北京的机会，多数时间她利用周末自费前往。那些日子她轮流住遍了亲戚家：姑姑、叔叔、舅舅、姨妈。她庆幸他们的家都在北京，就像从前她的父母一样。在北京疯跑的时光里，她作为一个曾经的北京孩子，常常生出些情不自禁的得意和略带焦灼的期盼。

　　秘密恋爱固然秘密，却仿佛必得选出一个可靠的人分享才更够秘密。几个月之后，陆婧把李花开约到一家卤煮火烧小馆。她脸色潮红、嘴唇颤抖，十指交叠着扭绞着，忽又神经质地把双手搓来搓去。她的讲述琐碎累赘而又宏大激昂，她顾自笑着，眼里有泪光，她已经为自己这高级的恋爱所倾倒，她的闺密李花开也必将为她这不凡的倾诉所倾倒。

　　李花开的嘴里却只是偶尔迸出一句"我娘！"，逢关键时刻,李花开的山村口头语还是会冒出来,比如"我娘!",听着生硬,但干脆、有劲。这是一个本身不含褒贬的感叹词,但在此刻,李花开喊出它来表达的是决不同意。两人争吵起来,昏天黑地。陆婧急赤白脸,碗中的卤煮火烧一口没动。李花开连吃带喝,一海碗卤煮火烧下肚,也没能堵住她那张压着嗓音、连呼反对的嘴。直到碗空了,她才发现了陆婧的一脸憔悴,她闭嘴了。或许恋爱中的憔悴才能唤起人的怜悯,而绝对平等的友谊也并不存在,似乎总有一方在紧要关头非服从另一方不可,比如让卤煮火烧和争吵弄得满头是汗的李花开。陆婧判断李花开有缓和的迹象,再添些央告加耍赖的言辞,李花开到底让了步。她答应保密,还答应了陆婧的提议:肖恩写给陆婧的信从此寄往李家。在一场无法光明正大的恋爱里,情书寄往当事人的单位是危险的,李花开的家,那私房、独院在陆婧看来最是安全。

北京寄往虽城的平信隔天可到,陆婧一个星期至少两次去李花开家取信。那个当初在她看来有点陈旧、俗气的小院,如今在她生命中已变得如此要紧,如此友善而温暖。她多是在晚上下班后赶往李家,弓着身子把自行车骑得飞快。不能用奔向或跑向来形容她的姿态,那是扑向,扑向一团情话或者简直就是一场约会。她进了门,敷衍地和李花开或者李花开的丈夫——那位叫起子的寒暄几句,接过李花开递上的有点压手的厚厚的信封,便逃也似的夺门而去。她不急着回家,此刻家也危险。她急不可待地找一根电线杆把自行车和自己都靠上去,就着昏暗的路灯开始捧读肖恩写给她的大段的文字。她的心大声跳着、酥着、醉着。在夏日,那些粗糙的松木电线杆上爆裂的木刺有时会扎进她的衬衫。当她回家之后脱下衬衫小心择着上面的细刺时,她会偷着笑。她被扎疼过么?这样的时刻,疼也是幸福。

有时李花开在厂里加班回家晚,陆婧奔到李家推门进屋后,永远在家的起子会代替李花开把信送至陆婧手中。他并不留她坐一会儿,像通常主人对客人那样。他知道她不需要,就像陆婧也明白起子已经知道了她的恋爱,他和这幢私房、独院共同知道了她这场恋爱,再坐下假装等李花开回家反倒虚伪了。第一次从起子手里接过肖恩的来信,她只是稍显尴尬,也仅是稍显,对肖恩来信的渴望压倒了一切,一切都不在话下。

3

又是冬天了，起子画了一会儿彩蛋，外贸公司的订单，复活节前要发货的。画彩蛋是个手艺活儿，类似简单的重复性劳动，起子得心应手，或者说熟能生巧。初中没毕业他就跟着邻居一个师傅学画彩蛋，多少年画下来，有时他也感到腻烦，看着纸箱中被瓦楞纸板隔开的那一排排花里胡哨的蛋们，常常觉得自己就是个卖鸡蛋的。李花开没有嫌弃他这份活计，他不用出去上班正好在家做饭。可那个陆婧从一开始就对他怀有轻蔑。那轻蔑是暗含的不易觉察的，起子还是莫名地感受到那轻蔑的蛛丝马迹。他是个小心而敏感的人，又是一个随着惯性生活的人，每当自卑心翻腾上来，他便会拿他的私房、独院将其打压下去。是啊，在计划经济时代，福利分房时代，有人会为分不到住房吞一把安眠药的时代，他起子能够坐拥一个院子一套私房，你们还要怎么样。"你们"是指他的对立面，有时指李花开和陆婧吧，多数时间是泛指。这时他的情绪又昂扬起来，他尤其喜欢"坐拥"这个词，这是个主动、气派、敞亮的词，他不仅坐拥房子院子，还坐拥单纯貌美之妻子。生活对他不薄。

想想这些，起子放下手中的彩蛋，揉揉眼——画彩蛋费眼。他花三分钟做了一套自编的用力眨眼的眼保健操，接着他要犒劳一下自己。他把粘着颜料的手仔细洗干净，行至那炉盘锃亮的著名炉子跟前，拎起那把铝壶，壶中水开着，顶得壶盖噗噗响着。他沏上一杯茉莉花茶，搬把椅子坐在炉前，喝两口热茶，放下茶杯，起身把房门锁好，然后才从他的彩蛋工作案的小抽屉里拿出一封信，邮递员刚刚送到的北京来信。他举着信复又坐回炉前，将信封一端凑着炉盘上铝壶壶嘴里冒出的徐徐水蒸气来来回回扫那么几次，信封一端便软塌下来。他就势拿根牙签轻轻挑开信封封口一角，封口轻易就打开了，如同吃酥皮点心时用手揭去那层层酥皮，绵软、无声、可心。起子从大张着嘴的信封里抽出不薄的情书，从容不迫地欣赏起来。一些段落仍然让他耳热心跳，但情绪已不像初读第一封信时那般亢奋了。他始终腻歪的是肖恩在信中把陆婧称作"我的小软木塞"。他常常半是艳羡、半是鄙夷地把过目后的信推送进信封，再小心翼翼地用胶水封好，以手掌外侧轻按均匀，宛若终于为肖团长放行的秘密检察官。

第一次把北京来信送到陆婧手上，他就已经生出一种身在暗处的优越感。这时期的陆婧，却仿佛处于下风头了。陆婧不时会给他们夫妻带些礼物，给李花开买过马海毛的毛衣，还送过起子一件当年正时髦的沙色皮夹克。这本是朋友间的心照不宣，却渐渐让起子愈加不满足了。优越感是什么呢？那就像是人生的一种主动，起子就在一次次优先阅读那些北京情书的亢奋中获得了既朦胧又主动的渴盼：难道他当真要画一辈子彩蛋么？

这天上午，陆婧在办公室接到起子的电话，只电报式的两个字：有信。这是个善解人意的电话，起子的积极热情使她连矜持一下的表演也用不着了，她决不打算等到晚上下班后再去取信，甚至中饭也不吃，骑车直奔那"有信"之地。

他和她对坐在炉前，炉膛里淡橘色的火光恰到好处地映着两人的脸。她本不想坐下，打算拿了信就走的，但起子邀请她坐下。她发现他手里没有信。他当然看出了她的疑惑，随即从裤兜里抽出一个他们都已熟悉的信封：红蓝两色斜线圈边的航空信封。在这儿呢。他说。他微微前倾着身子从炉口上方把信封递向对面的陆婧，在陆婧看来这很危险，好像那信是要蹚过炉火才能抵达它的目的地，又好像起子原是要把那信封丢进炉中的。陆婧伸出双手在炉口上方托住那信封，手背让炉火炙烤得一阵干疼。当她终于将那沉甸甸的信封"引渡"到自己胸前,仍然双手托着它,就像托着一个刚从火海里得救的人。接着,她觉得这姿势有点失态,便把信封平放在腿上,这又仿佛肖恩正把嘴吻在她腿上,说着绵绵絮语。她的腿一阵阵酥麻,腿暗示了她拿起信封,掖进棉大衣口袋。这时起子说出了他的想法。

陆局长肯定能办到,群众艺术馆啊,艺术学院啊,画院啊,都行。他说。

你和李花开商量过么?她问。

这不重要,我的事还是我直接说更好。他说。

可人的调动需要多种条件,特别是艺术类的单位,不是普通人就能去的啊。她像是在提醒他。

但我觉得我不是普通人。他坦然地看着她,也像是对她的提醒。

她听出了话中的厉害,也领会到这位起子的"不普通"。想到李花开随厂领导去南方几家印刷厂参观学习,两个星期才能回来,起子是特意选了这个时间的空当来和她谈如此要事吧?

她从炉边站起来,眼睛并不看他,只答应回家试着跟陆局长去说。

陆婧选了一个晚饭时间对陆局长提及起子的事,晚饭时间家里的气氛是轻松的。陆局长却立刻拒绝了女儿的请求,"异想天开,异想天开!"他手很重地把筷子拍在饭桌上,一迭声地重复着这四个字,不知是讥讽起子,还是斥责女儿,也许二者皆有。基于对父亲的了解,她知道结果会是这样的,曾经闪过的一点侥幸之念确凿地破灭了。

这天,她又在办公室接到了起子的电话,还是两个字:有信。

4

她和他对坐在炉边,这次他没有空着手,给她开门便及时送上捏在手中的信封,仿佛以此迎接她将带给他的好消息。她迅速把信揣进大衣兜里,就像生怕这信会遭遇不测。

开口是艰难的,但她必须开口。她向起子道了对不起,说再等等看还有没有其他办法。这明显的官腔让起子十分不悦,他举了某某熟人因为有关系而进入了似乎不可能的单位。

她打断他说,在我们家真的不行。

他直视着她,放慢语速说,要是不行也得行呢?

她这才有点警惕地向后捎着身子问道，你这是什么意思？

他说，我不是在央求你，是在要求你。

她觉出了他的无礼和过分，但大衣口袋里那沉甸甸的信封可是经由他的手抵达她手中的，她努力使自己克制并且客气。她站起来说，等李花开回来咱们再一起商量也许更合适。

起子也站起来，果决地告诉陆婧不用商量，他就是要去陆局长所管辖的那些单位。

陆婧到底没能把持住自己，她扫了一眼对面的起子，第一次发现他那一头打绺儿的"艺术范儿"长发滋着过多的油脂，好像每每以猪皮擦完炉盘都会捎带着再往头上蹭去。她恼火起来，边向门口走边提高嗓音说，你有什么权力命令我啊，你以为你是谁！

在她背后传来起子的声音：我知道我是谁，更知道你是谁！你不就是肖大团长的小软木塞吗？

她那刚伸向门把手的手缩了回来，后脑勺仿佛遭遇了棒击，似有一个黄豆大的小气球在颅内的某个位置炸了，一个瞬间，嗡的一声，她脑海里一片白色。她还是顶着一颗白色的头颅转过了身，并努力站稳自己，身体却已有点瑟缩，像曾经有过的梦境：她裸体着站在街上，到处找不到要穿的衣服，而街上面目不清的人们正肆无忌惮地看着她，比如此刻的起子。

起子就像听见了她那无声的感受，加码似的继续抖搂：是啊，不怕你笑话，我全看过，七十七封信，包括现在你大衣兜里这封。

她一边下意识地将手伸进大衣口袋，死命握住那信封，好比攥住了肖恩的手，一边咕哝着：你怎么能、你怎么能……

我怎么不能？起子复又在炉边坐下：凭什么你们里里外外、明的暗的都是体面，又体面又浪漫，我就非得窝在这儿画一辈子彩蛋不可呢？我，我们全家还得替你收着、守着这些个不体面的信。说到不体面，我的要求不过是要通过这些不体面的信得到一份体面的工作，为了我们全家、我们未来的孩子，这有什么过分吗？

她不动地方地站着，拼力捕捉着他话里的信息，她想到了李花开，不敢去想这是他们夫妻的合谋，可难道他们不是夫妻吗？还有孩子，李花开是不是怀孕了？陆婧的恋爱袭来之后，目中已无他人，所有的时间更不情愿分配给他人，识趣的李花开也久已不主动和她联系了。她不甘心着还是喃喃着：李花开知道你……

他不等她说完，截住她的话说，知道怎样？不知道又怎样？用不着假装清高，也别想对我使用什么不好听的词儿。我就这么一件事，陆局长动动小手指头的事，有什么办不了的呀。

清高，陆婧想到了父亲。本来她有些抱怨父亲那决不通融的清高的，但在这时，她忽然感叹世间毕竟还存在着这么点清高。为了这点清高，她决不打算接受这蛮横而阴暗的命令。她不接受,还得显出不示弱,她一字一顿地对炉边的男人说,还——就——是——办——不——了!

起子站起来,遭受了冤屈似的,走到摞在地上的彩蛋箱子跟前,从最下面的箱子里拽出一只白得刺眼的纸袋,举起来冲陆婧晃着,叹了口气说,都在这儿呢,六十七封。我用微距拍好,借朋友暗房冲印出来的,后来的十封没来得及冲洗,不过已经足够了。说着从中抽出一张印满小字的黑白放大照片,送至陆婧眼前。

陆婧只瞄一眼便认出了肖恩的笔迹。起子这层层递进的胁迫宣告着陆婧的节节败退,她平生第一次感受到巨大的惊恐和侮辱。她的小腹突然开始酸胀下坠,伴随这酸胀下坠的是两条腿的绵软。于是她知道,腿软并不是从腿开始的,是小腹里酸胀下坠的物质游移到耻骨再无情地沉降至大腿、小腿、脚底、脚趾,迅速侵蚀着那里所有的骨骼、韧带、肌肉、血液……接着无腿感袭来,她的小腹好像直接落在了地面,人也顿时矮了下去。她拼命用意念寻觅着腿脚,顽强地动了动灯芯绒棉鞋里仿佛已经虚无的脚趾,脚趾总算有了些微的痉挛。那么,她是有腿的,她还在站着。她迈前几步,本能地伸手要夺下那刺眼的白纸袋把它投进炉火。起子将纸袋背到身后说,胶卷还在我这儿,烧有什么用呢?如果陆局长帮了我,我肯定当着你的面连胶卷一股脑儿烧了它。不然,你能猜到后面会发生什么。

她腿软着,绝望地站在他面前,望着这个在炉子边上踱着小步的男人，就像望见了一个非人类的物种。比如鳄鱼，不！鳄鱼甚至也要好于眼前这个物种。她把涌到嘴边的所有形容词都压了回去，她的绝望使所有的词语都已失效，这绝望却也迫她从溃败的谷底捞起了她久已失散的自尊。她被亮在眼前的杀手锏打蒙的同时，仿佛也被打醒了。当她确信自己的两条腿能够带她迈出这间屋子时，她把大衣扣子一个一个扣好，接着，她以自己也未曾料到的动作，突然奔向那炉子，拎起坐在炉盘上那把沉甸甸的铝壶，高高提起，壶嘴向下，向着那炉火正旺的炉膛猛地浇灌起来。霎时间水火交战的炉膛发出刺刺嘎嘎的怪响，一股股灰白色气体伴着浓烈呛人的臭屁味儿冲上屋顶，弥漫着房间，也吞噬了炉边的男人。烟雾中她把空壶"哐当"丢在地上，拼力拉开屋门，又狠劲把门摔上，就像将一切的担惊受怕，一切的提心吊胆，一切的错愕、愤怒乃至一切的恶心，全都摔在了身后。她听见门玻璃碎了，那起子没有追上来。

她想找个没人的地方大哭一场，但急切地要给李花开打电话声讨的愿望压制了她的大哭。她没能和李花开通话，她的青春年代，和远在南方几个省出差的人长途电话联系尚不那么便捷。她又跑到邮电局给肖恩打电话，在排队等待接线员叫号的时候，她在长途电话间的门玻璃上看见了自己的脸。一夜时间她的脸怎么会变成这样？腮帮子嚓着，太阳穴瘪着，鼻翅儿扇着，耳朵片儿干着……这是刘宝瑞先生一段相声里的句子，形容的是一个受不孝儿子虐待、饭都不给吃饱的老太太的凄惨面相。她不是那位倒霉的老太太,以她的年龄,也还不具备自嘲的能力,她的脸让她突然想到相声里那老太太的脸,只激起了她更加强烈的愤懑,更加确切的无助。她和肖恩通了电话,当她语无伦次地讲了这边的事,对方始终沉默着。

第二天,陆婧单位的领导收到了起子制作的黑白照片,本市的平信当日可到。陆局长也收到了。两天后肖恩团长的上级领导也收到了。

李花开出差回来,陆婧立刻把电话打到了印刷厂,那是一个悲愤加绝交的电话,一个鄙视的不容分说的电话,一个曾经的"闺密"必须洗耳恭听的电话。陆婧那一波又一波语言的风暴如耳光噼啪,痛打在电话那头的李花开脸上。陆婧只听见李花开一迭声叫着"我娘!我娘啊!"又听见她"呕呕"了两声,像在呕吐。陆婧摔了电话。

肖团长受到了处分。

陆婧受到了处分,被陆局长轰出家门。

5

四月的又一个下午,太阳很好,雾霾不在。陆婧打车来到"时代体育"。朋友送了她两张老时光博物馆的门票,她看看地址,发现就在东单,离那间"时代体育"小店不远。这正好是个自然的理由:可以先到"时代体育"看看,再去博物馆参观,这样,走进商店便显得更像顺路。

"时代体育"有年轻的顾客出入,咄咄逼人的青春扑面而来。陆婧掺在其中,自觉有点碍眼。她在跑鞋柜台驻步,但她从不跑步;她在泳具柜台驻步,她也不打算游泳。她在等一个合适的时机,和坐在收银台的李花开打一声招呼。其实她一进门就看见了这位故人,三十多年未见的故人,即便是仇敌,难道不也能生出几分亲切么。就算谈不上亲切,她至少怀有那么点不愿承认的屈尊的好奇。

时间是毒药,也是偏方。她记起哪个作家的句子。

店堂里人少的时候,她来到收银台前,将胳膊肘架上齐胸高的台面,明确地招呼了一声:"嗨,李花开。"

李花开抬起头,她认出了陆婧,随着一声"我娘!"陆婧看见了她脸上的惊奇和真切的欣喜。

……

她们对坐在一间粥铺喝粥。李花开说她常到这儿来,离店面近。陆婧要了蔬菜鱼片粥,李花开要了皮蛋瘦肉粥,又点了拍黄瓜和两个芝麻烧饼。

这几十年我常常想着要是看见你,第一句话到底怎么讲,千头万绪的。李花开说。

是我摔了电话。陆婧说。

我放下电话就去单位找你,哪儿都找不到你。后来,单位说你报了一个什么进修班,去北京了,和谁都不联系。过了几个月,又听说你出国了。

是出国了,陪读。算是闪婚吧。年前刚退休,业务荒疏大半,职称副高。女儿自立,丈夫厚道。陆婧以短信似的句子讲述了自己的三十多年。

你呢?

离了。李花开端起粥碗又放下,这粥碗挺大,小西瓜似的。陆婧恍惚又坐在了当年那个卤煮小馆。

就为我?陆婧心有不安地问。

我最怕的就是你这么想。不是为你,是非离不可。李花开的讲述也很简明。开始他不离,让她替肚子里的孩子想想。她上了房,站在房顶逼他同意,不然她就跳下去。他跪在院子里求她,不松口,不信她会真的跳。刹那间她迈前两步,眼一闭就跳了下去。

陆婧的心像遭到突然坠落的重物的击打,一阵沉闷的钝痛。她下意识地望着李花开的脖子,岁月给这优美的脖子增添了几纹皱褶,但依旧柔韧、光润,且不松垮。从房上跳下万一戳中了脖子……她不敢想了,后脖颈被冷汗浸湿着。她不愿用自惭形秽来形容此刻的自己,只朝桌子对面伸出手,却不好意思去握李花开的手。三十多年的隔绝,让人无法产生轻易的肢体接触,即便是曾经的"闺密"。她收回了手,机械地问着:后来呢?

后来就离了。李花开淡淡一笑,告诉陆婧,她原是要把孩子"跳掉"的,这孩子却结实。她残了一条腿,回老家生下儿子,在县中学当了老师直到退休。儿子从小就善跑,初中选进省体工队,再后来又进国家队,亚运会拿过名次。就好像,她拿自己的残腿,换来了儿子日后超速的奔跑。

你这是,轴得不要命啊。陆婧用了一个"轴"字,觉得不恰切,又找不出更合适的词。

李花开把身子靠上椅背说，谁愿意不要命呢，可当时我已经站在房上了。我站在房上往下看，索性想着跳下去无非就是两条，要么死得更快，要么活得更好。

陆婧竭力眨着眼往回憋着泪说，你是活得更好的。

李花开说，那也先得敢往下跳哇，况且，还得有信使给鼓着劲。

信使两个字是陆婧的忌讳，那是旧年的伤口，尽管那伤口已经疲惫得睁不开眼，可她们的会面又无论如何绕不过这两个字。李花开说，其实你也是我的信使。我第一次把信送到你手上的时候，你就已经是了。到最后，没有那些事，没有你摔电话，我也下不了决心去奔真心想要的日子。记得我跟你提过我那个中学同学吧？

陆婧猜到了什么。但他的名字她早已记不得了。

他在老家当导游，我们那儿穷，山水可好看。从前北京人不知道，玩到十渡就不往里走了，其实越往深里走越奇崛，大峡谷，风动石，空中草原。后来他自己建了旅行社，和县旅游局一块儿开发。我回老家后，他一直照顾我，生孩子都是他守在身边。这么多年，我们过得挺好。李花开猛地扬了扬下巴，郑重地介绍说：他叫锁成，姓赵。

这间店呢，"时代体育"。

是儿子的。儿子退役后盘下这个小店，有时间我就过来帮他照应几天。往后他该忙了，区体校聘他当教练，准备国庆游行呢，其中一个方阵有他们参与。

她们共同意识到,这是二〇一九年的春天了。陆婧仿佛又闻到了白丁香、紫丁香那一团团苦而甜的香气。

两人出了粥铺,天已经黑透,李花开要回"时代体育",和陆婧在此道别。陆婧望着眼前车的河流人的河流,意犹未尽地说,那年我一气之下逃到北京,才知道偌大个北京不会安慰你的委屈。

可偌大个北京能够包容你的委屈。李花开接上陆婧的话。晚风吹拂着她略微倾斜的身体,吹拂着她的短发,那样子实在很飒。

几天后陆婧去了老时光博物馆。她从家里走路去的,有点远,大约十公里。她换了运动鞋,打开手机的百度导航,调至"步行"模式,方向感再差便也不会迷路。她很久没有这样专注地、长时间地在北京街上走路了,她要用尚是健康的腿脚而不是车轮,把北京仔细走一走。她走得挺好,近三个小时,顺利到达目的地。那是一间展览旧器物的民间博物馆。在众多旧物件里,她意外地发现了那只曾经那么神气活现的炉子。如今它的炉盘已不再锃光瓦亮,但炉膛里却闪着橘色的火光。她走近前,把脸探向炉口,发现炉膛里填充着仿不规则煤块的 LED 盐灯。LED 是冷光源,炉子并不发热,只让参观者感受着一种亦真亦幻的安全的温度。

图书在版编目（CIP）数据

永远有多远 / 铁凝著. -- 南京 : 江苏凤凰文艺出版社, 2024.8
ISBN 978-7-5594-8152-8

Ⅰ.①永… Ⅱ.①铁… Ⅲ.①中篇小说－小说集－中国－当代②短篇小说－小说集－中国－当代 Ⅳ.①I247.7

中国国家版本馆CIP数据核字(2024)第000031号

永远有多远
铁凝 著

出 版 人	张在健
策划统筹	孙 茜
责任编辑	姜业雨
装帧设计	昆 词
责任印制	杨 丹
出版发行	江苏凤凰文艺出版社
	南京市中央路165号，邮编：210009
网 址	http://www.jswenyi.com
印 刷	苏州市越洋印刷有限公司
开 本	880毫米×1230毫米 1/32
印 张	8.5
字 数	180千字
版 次	2024年8月第1版
印 次	2024年8月第1次印刷
书 号	ISBN 978-7-5594-8152-8
定 价	56.00元

江苏凤凰文艺版图书凡印装、装订错误，可向出版社调换，联系电话 025-83280257